傲慢公爵は“偽り修道女”の献身的な愛を買う

久川航璃

B's-LOG BUNKO
ビーズログ文庫

Contents

傲慢公爵は"偽り修道女"の献身的な愛を買う
ダミュアン・フィッシャール
元王子で大富豪となった公爵。
金で全てが買えると思っている傲慢さで、
この世で最上級の愛が欲しいと
『慈愛の修道女』であるリリィを買う。
リリィ
孤児院で暮らす勤労少女。お金が大好き。
十五人の子どもたちの世話をする
健気で献身的な様子から世間では
『慈愛の修道女』と呼ばれているが……!?

カプラシル

セイリジン王国王妃。
ダミュアンとは従姉弟で友人。
ダミュアンの初恋相手だと噂されている。

デイベック・スキア

ダミュアンの秘書。
ダミュアンの不機嫌さにも振り回されない
強いメンタルを持つ。

ファレス

フィッシャール公爵家の執事。
ダミュアンが十三歳で王城を出た時から
仕えている。

キナ

孤児院出身で
リリィの幼馴染み。
仕事斡旋所で働いている。

ソジトレア・チップタール

侯爵家次男。
ダミュアンとは気心が知れた仲。
第二騎士団長を務める。
通称：ソジト

セイガルド・バーンズ

金融会社で働く。
巨額の借金の担保となった孤児院を
差し押さえに来た。

イラスト／鈴ノ助

序章　傲慢公爵は偽り修道女の献身的な愛を買う

記憶《きおく》の中にあるのは、冷たい少年の声。

立派な屋敷《やしき》の窓ガラスを叩《たた》く雨音に混じっていても、聞き間違《まちが》いようがなく、はっきりと告げられた言葉だけ。

『くたびれた修道女の見すぼらしい格好をした君は、どうしたって貴族の僕には釣《つ》り合わないだろ。渡《わた》していた金で身なりも構わず、孤児院《こじいん》や子どもたちにばかり使ってさ。そんな君に愛想《あいそ》を尽《つ》かしてしまうのも仕方ないと思わないかい。そもそも愛しているなんて、とんだ錯覚《さっかく》だとわかったんだ。だから、彼女と婚約《こんやく》しようと思ってる。つまり恋人《こいびと》は今日でおしまいってこと。リリィだって、そのほうが気楽だろう。僕に付き合って、庶民《しょみん》が無理に貴族らしく振《ふ》る舞《ま》わなくてすむんだよ。それに、君は僕よりもお金が好きなんだから、こんなことで傷つかないでしょ』

屋敷の玄関《げんかん》ホールでリリィに向かって言い淀《よど》むことなく告げられた言葉に打ち震《ふる》えたのは、別に彼に会うまで雨に濡《ぬ》れながら屋敷の外で何時間も待たされ、冷え切ったからだけではない。

古めかしい修道女の服は雨を吸ってぐっしょりと重く、蔑《さげす》むような彼の瞳《ひとみ》を見るまでもなく自分が碌《ろく》な格好をしていないことはわかっていた。

たった今、元になった恋人であった少年からの一方的な宣告。

リリィの心情を決めつけているものの、自身も否定の言葉を持たなかったのも事実。

けれど、決して彼よりお金を優先させた覚えはない。

これまで自分なりに大事に思ってきた彼に、裏切られたような気持ちになった。

同じ境遇《きょうぐう》で助け合って。同じ目線で微笑《ほほえ》み合っていたはずなのに、とんだ手のひら返しだ。立場が変われば人は変わるのだと突《つ》き付けられた。そうしてリリィは彼が同じ家格の令嬢《れいじょう》と婚約したと聞いた。

だから、リリィは驕《おご》った傲慢《ごうまん》な貴族が嫌《きら》いで。

だから、リリィは愛を告げる恋人など二度と欲《ほ》しいとは思わなかった。

愛なんて無価値なものじゃ日々暮らしていけない。彼の言うとおり愛より金だ。

――だというのに、目の前の男はなんと言った？

「その愛を言い値で買おう」

リリィが過去の回想から戻《もど》って瞬《まばた》きした先、目の前には物語から抜《ぬ》け出《で》てきたような王子様がいる。目映《まばゆ》いばかりの艶《つや》やかな金色の髪《かみ》に、空色を写し取った真っ青な瞳。宝石をちりばめたかのようなキラキラしい容姿は、視線を向けることすら庶民には躊躇《ためら》われるほどである。長い脚《あし》を優雅《ゆうが》に組んで、掛《か》けている椅子《いす》の背に体を預けている姿は、まるで一枚の絵画のよう。

そんな彼の横にある小さなテーブルには金貨が積み上げられている。こちらは実物だ。本物かどうか思わず疑ってしまうほどの、今まで見たこともない量の金の山である。それをこれ見よがしに惜《お》しげもなく並べられて、リリィは二重の意味で眩《まぶ》しさに顔を顰《しか》めた。いや、実際彼の身分は元王子で、国家予算に匹敵《ひってき》する財力を有している。それほどの大金持ち、いわゆる大富豪《だいふごう》だ。

ダミュアン・フィッシャール。二十三歳という若さで巨万《きょまん》の富を築いた若き公爵《こうしゃく》様。庶民といえども噂《うわさ》だけは聞いていた。それはもう数々。お貴族様というものは話題に事欠かない。王族を除いた、その頂点に君臨する御方《おんかた》である。

そんな雲の上のような存在に呼びつけられて、今こうして自分が対面していることすら信じられないというのに、その上かけられた言葉の意味がわからない。

「おい、聞いているのか？　それとも聞こえなかったのか」

尊大《そんだい》さを隠《かく》そうともせずに、若き傲慢公爵は形の良い《い》薄《うす》い唇《くちびる》を動かした。誰《だれ》か別の人が彼の後ろにいるわけではなさそうだ。間違いなく、目の前の男が話している。

つまり、公爵本人がそう宣《のたま》った、というわけだ。

貴族は庶民にはよくわからない感覚で動いている。傲慢な貴族になればその乖離《かいり》はさらに大きくなる。彼らは、庶民に感情がないとでも思っているのだろうか。

金さえ出せば、なんでも思いどおりにできるって？

——残念ながら、リリィはお金のためなら、なんでもするのだけれど。

そう覚悟《かくご》してこの場に臨《のぞ》んでいるはずだった。だが、眩暈《めまい》を覚える。

「お前のその尊い愛を言い値で買ってやるから、俺を愛するんだ」

どうやら聞き間違いでも、言い間違いでもなかったらしい。愛、ときた。

リリィは売れるものはとにかくなんでも売ってきた。手作りの造花や洋服、果てはガラスの素材になる貝がらまでも拾った。労働力や知恵《ちえ》、若さや体力だって立派な商品だ。

孤児院で逞《たくま》しく育った庶民のリリィは、とにかく金が必要だった。孤児院の子どもたちのためにも、金はどれだけあっても困らない。だが極貧《ごくひん》の孤児院は今、立《た》ち退《の》きを迫《せま》られ、途方《とほう》もない額の借金を返さなければ、即《そく》建物の取《と》り壊《こわ》しが決まる。

しかしだ。だからといって、これはないのではないだろうか。

昔裏切られて、一切《いっさい》信じられなくなった——愛である。

とにかく思うことは一つだけ。

――本当に、傲慢なお貴族様の考えることってまったくもって解《げ》せないわ……っ！

第一章　傲慢公爵の素晴らしき取引

　春の初めの頃《ころ》である。

　大陸南西の海に面して、風光明媚《めいび》なセイリジン王国はある。一方に湾《わん》を抱《いだ》き、他方は山を背にするように広がる王都には、山の幸《さち》、海の幸がふんだんに溢《あふ》れ、大きな港にはずらりと商船が並ぶ。

　そんな活気ある王都のやや外れの海岸、日の出前の朝焼けに照らされた小さな入り江《い》《え》には、漁師《りょうし》たちが出す小舟《こぶね》が行き交《い》《か》い、表玄関《おもてげんかん》として使われる港とは異なった風情《ふぜい》がある。

　狭《せま》い浜辺《はまべ》で古びた修道服を着込んだ少女が、海風を受けてなびくヴェールを髪《かみ》とともに押さえながら、足元の貝を拾って慈愛《じあい》に満ちた笑《え》みを浮《う》かべた。

　桃色《ももいろ》の瞳《ひとみ》をうっとりと細める様は、神秘的ですらある。まさに神に仕え日々祈《いの》りを捧《ささ》げ、慎《つつ》ましい生活を送る女性の象徴《しょうちょう》のように見えた。清貧《せいひん》と貞潔《ていけつ》の誓《ちか》いを立てた修道女の鑑《かがみ》ともいえる姿だ。

　けれど実際のところ、少女は心の内で、歓喜《かんき》に震《ふる》えていた。

――大物だ。

少女の近くで八歳から十二歳ほどの子どもたちが三人、同じように貝を拾っては手持ちの網《あみ》に入れていく。黙々《もくもく》と作業をこなし、きびきびと行動する様は、一種異様な雰囲気《ふんいき》である。まるでどこかの軍隊のように統率《とうそつ》が取れている。

だが、少女が巨大な貝に酔《よ》い知れていることに気がつくと、わらわらと集まってきた。

「リリィ姉《ねえ》の大きいっ」

「何人分になるのかな？」

「これ絶対においしいよね!?」

キラキラとした無邪気《むじゃき》な瞳を向けられて、リリィは慈愛に満ちた笑みで子どもたちを迎《むか》える。

「うふふ、皆《みな》がお腹《なか》いっぱいになってしっかり働けるくらいにはあるわよ。ずっしり重たいから身も詰《つ》まっていて絶対おいしいわ！」

少女の満足げな笑顔《えがお》を受けて、子どもたちからも歓声《かんせい》があがる。

「おおーい、リリィ。朝から精が出るなあ」

そんな中、夜のうちから舟《ふね》に乗り込んで沖に出ていた漁師が、浜辺にいる少女に気がついて声をかけてくる。

リリィは優雅《ゆうが》に手を振《ふ》って答えた。

人目がある場所では、お淑《しと》やかに。ぶんぶん手を振ったら、これまでリリィが築き上げてきた『慈愛の修道女』のイメージが崩《くず》れ去《さ》ってしまう。それはとてもまずい。

リリィは修道女の格好をしているが、誓願《せいがん》したわけではないので完全なる偽物《にせもの》である。ただ置いてあったから着ているだけなのだ。修道服を着ている只《ただ》の人《ひと》だが、孤児院《こじいん》のためにもバラすわけにはいかない。

「おはようございます、おかげ様で」

「ああー、なんだってぇ？」

慎ましやかに答えたリリィの声はとても小舟までは届かなかったようだ。大きな声を張り上げた漁師に向かって、察した子どもたちが口々に答える。

「たくさんとれたよー、ありがとう！」

「リリィ姉も感謝してるってさあー」

「あと、おはようございまあすっ」

「おうよ、おはよう。たくさんとれたなら、それはよかった。しっかり食って大きくなれよぉっ」

子どもたちの声に合わせて、リリィが網に入ったたくさんの貝を持ち上げて見せれば、心得たように漁師もにかりと笑う。

拳《こぶし》を掲《かか》げるよくやったというポーズに、大きく手を振って応《こた》える子どもたちを、リリィはゆったりと見つめた。

「ナイスフォロー助かったわ、ありがとう」

リリィは、すかさず子どもたちに感謝を伝えた。

「ううん、平気だよ」

「イメージ戦略は大事だって、いつも言われているもんね」

「助け合いは孤児院のモットーでしょ？」

得意げな表情の子どもたちに囲まれて、リリィはますます目を細めた。

子どもたちは可愛《かわい》い。生意気ざかりではあるけれど、孤児院で一緒《いっしょ》に暮らす仲間を家族と思い、支え合い、気遣《きづか》い合う。他人を慈《いつく》しむことのできる愛《いと》しい子たちだ。

そんな少女の眼差《まなざ》しは朝日に照らされて、どこまでも美しく侵《おか》しがたい神々《こうごう》しさに満ちていた。たとえ内心で子どもたちの腹を満たせるほどの大漁ぶりに小躍《こおど》りしていようとも、おくびにも出さない。

養っている子どもたちのためにも、慈愛の微笑《ほほえ》みは崩せないのだ。

少女に声をかけた漁師に、若い新入りが不思議そうに尋ねた。

「あの子、修道女ですか？」

「そうか、お前は王都に来たばっかりだから知らんのか。あれが、今巷《ちまた》で話題の『慈愛の修道女』様だ」

「ああ、彼女が……」

小柄《こがら》な少女は敬虔《けいけん》なる神のしもべで、粗末《そまつ》な修道服を纏《まと》い、古い孤児院で十五人の子どもたちと年老いた院長と暮らしている。献身的《けんしんてき》で健気《けなげ》。日夜子どもたちのために働き詰《づ》めであるにもかかわらず、常に微笑みを絶やさない。

街に出れば、困っているどんな相手にも迷わず手を差《さ》し伸《の》べる。清貧をモットーとし、周りから何を恵《めぐ》まれても子どもたちのために使い、朝に晩に幸福と安寧《あんねい》の祈りを捧げているという——。

王都で噂《うわさ》の『慈愛の修道女』の話を反芻《はんすう》して、新入りは思わず拝みたくなった。

「本当に儚《はかな》げで尊い少女ですね……っ」

新入りの感嘆《かんたん》に、漁師は大きく頷《うなず》くのだった。

孤児院の食堂——なんて呼んでいるけれど、ただ大きなテーブルが真ん中に置いてある広間——に子どもたちが左右に分かれて整然と席に着いている。

目の前には朝から海でとってきた貝をふんだんに使ったスープやサラダが並ぶ。パンは硬《かた》いのでスープに浸《ひた》さなければ食べられないけれど、昨日のうちに別動隊が調達した山菜と野鳥のおかげで十分に贅沢《ぜいたく》な朝食である。

実際、ここまでの食事を毎朝とれるかというとそれは難しい。だが、きっと今日は貴族のそれにも匹敵《ひってき》する内容だろうと自負している。

並べられた料理を前に、一同は固唾《かたず》を呑《の》んだ。

「さあ、食べましょう」

修道服姿のリリィが祈りを捧げ促《うなが》せば、一瞬《いっしゅん》で食堂は戦場と化す。

リリィはため息をついた。子どもたちは十五人。皆育ち盛《ざか》りの食べ盛り。病気になれば治療《ちりょう》に金がかかるので、元気いっぱいなのは大変喜ばしいことではあるのだが。

「お前のパンのほうが大きい！」

「ねえ、肉が全然入ってないよ」

「この野菜苦手〜そっちちょうだい」

「やだ、零《こぼ》さないでよ。もったいないじゃないっ」

黙々と食事を口に運ぶのは、孤児院の院長である高齢《こうれい》のヴェッガだけである。

「食事中は静かに！」

お玉を片手に、リリィは声を張り上げた。

肩《かた》までの長さでくせのある茶色の髪がふわりと揺《ゆ》れる。大きなまん丸の桃色の瞳を吊《つ》り上げて怒《おこ》ったけれど、子どもたちにはどこ吹《ふ》く風だ。

「リリィ姉、そんな大声出したら、メッキがはげるぞ。あれ、化けの皮だっけ？」

「どっちでも同じだよ、せっかく『慈愛の修道女』なんて呼ばれているくせに。いつも微笑みを浮かべて誰《だれ》にでも優《やさ》しくて穏《おだ》やか。儚げで、尊くて美しいってさあ……本当に誰のことって思うよ……ここは『元』修道院だし、リリィ姉は修道女の格好しているだけなのにな」

年長の少年二人が賢《さか》しらに口を開けば、隣《となり》で食べていた同い年の少女は首を振った。

「皆、だめよ。リリィ姉がそれっぽくしてくれているおかげで、周りの善意が集まって満足なご飯が食べられているのよ？　実体がどうでも、バラすのはいけないことだわ」

「ゲミ、トンリ、ミトア。言いたいことはそれだけかしら？」

にっこりと微笑めば、三人はばつの悪い顔を見合わせて、静かに食事に戻《もど》った。

貧乏《びんぼう》孤児院の最高権力者は、実は院長ではなく、経理担当のリリィである。次の日の彼らのおやつ配布に明確に響《ひび》くのだ。

ちなみにリリィは孤児院の職員兼《けん》経理兼広報兼食事係兼買い出し担当である。広報活動には身綺麗《みぎれい》にするところから、建物の清掃《せいそう》まで含《ふく》まれている。

とはいえ、いくらここで働いたところでリリィにお金は入らないので、そこは清貧を求められる修道女らしいと自負はしている。

ちなみにお金を稼《かせ》ぐために外に働きに出ても、それで得られる額では到底《とうてい》十五人もの子どもたちを養うことはできない。貴族からの善意の寄付も届くには届くのだが……上手《うま》いのか下手なのかわからない絵画など、とにかく的外れですぐに換金《かんきん》できないものばかりなのだ。

だからリリィは孤児院で皆の世話をしつつ、収入を得るためのもう一つの手段として自ら広告塔《こうこくとう》を務めることにした。

それが『慈愛の修道女』である。

特に最初からリリィがそう広めたわけではなく、元修道院であった孤児院の前身を考慮《こうりょ》し、個人的にちょっとしたコネのあるハインリッヒ・ウラウス伯爵《はくしゃく》の助言にのった形だ。

伯爵は毎月いくばくか孤児院に支援してくれる貴重な存在で、リリィに世知辛《せちがら》い世の中で生き抜《ぬ》くための知識も与《あた》えてくれた。さらには孤児院の運営に困っているリリィに、世間の同情を集めて資金を手に入れるという画期的な手段を考えてくれたのだ。

博愛の化身《けしん》のような存在として、リリィの噂を世に広めたのである。

まだ十六歳のいたいけな少女が十五人の子どもを抱《かか》え、老朽化《ろうきゅうか》した孤児院で懸命《けんめい》に働いている。満足にない食べ物を、子どもたちに分け与え繕《つくろ》い物をし、折れそうな細い体で掃除洗濯炊事《そうじせんたくすいじ》を一手に引き受け朝から晩まで働き詰め。それでも笑顔を絶やさない聖母のような存在だ、と。

そんな『慈愛の修道女』を助ける孤児院の子どもたちもまた聞き分けがよく、皆真面目で心根の優しい良い子たちである。小さな孤児院で肩を寄せ合い、お互《たが》い助け合って生きている――。

ついでに毎日同じ格好をしているリリィだが、みだしなみは大事だと髪だけはふんわりと艶《つや》が出るまで梳《と》かしている。愛らしさは同情を買う上で重要だと、上目遣《うわめづか》いと悲しげな伏《ふ》し目《め》がちの特訓をさせられたことは、今では懐《なつ》かしい思い出である。その仕草にどんな効果があるかはわからないけれど、実際に見た人の態度がコロリと変わるので、それなりに憐憫《れんびん》を誘《さそ》うのだろう。

ちなみにその演技指導は王都一の劇団の看板女優デリール直伝《じきでん》のため、やたらと本格的だった。紹介《しょうかい》してくれたのはもちろん伯爵である。

そんなちょろい設定でうまくいくわけがないでしょう、と当初リリィは笑い飛ばしたものだが、あれよあれよという間に噂は広がり、寄付が集まった。おかげで以前に比べれば随分《ずいぶん》と暮らし向きはましになったといえる。

本来リリィは活発で、元気はつらつとした性格なのだが、世間ではそれを押し隠し『慈愛の修道女』の人物像を守るため、イメージを崩さないよう努めている。代わりに外ではちょっぴり働きづらくなったけれど、懐事情を知って応援《おうえん》してくれる人たちが大勢できたのは喜ばしいことだ。

「はーい、注目。今朝の一等賞はグラ、メリア、バナーよ。機転を利《き》かせて私を助けてくれてありがとう。そして、たくさんの食材をとってくれました！　おかげでこんなに素晴《すば》らしい朝食になったわ」

浜辺の出来事を語れば、食べていた子どもたちから三人にやんやの喝采《かっさい》と拍手《はくしゅ》が送られた。まんざらでもなさそうな顔の彼らを見つめて、リリィはほっこりする。そうして孤児院が温かくて、大切な場所であると実感するのだ。

この光景をいつまでも守りたい。そのためには、日々の積み重ねが肝要《かんよう》である。

きりっとした表情に変えて、リリィはきびきびと声を張り上げた。

「じゃあ今日の予定を確認《かくにん》するわよ、まずは山隊。旬《しゅん》の山菜がまだとれるそうだから、しっかり見つけてきて。肉は残っているけれど、兎《うさぎ》がいれば狩《か》ってきてくれると助かるわ。次は海隊ね。朝に漁師のフェックさんが大漁だって言ってたから、その手伝いをお願い。うまくやれば駄賃《だちん》を弾《はず》んでもらえるわ。仕事斡旋所《あっせんじょ》の人の邪魔はしないよう気をつけてね」

子どもたちを見回して、一日の行動を確認する。四班に分け、日替《ひが》わりで仕事を与えるのだが、その日の皆の様子を見て振り分けるのが重要だ。

「次は街隊。グイッジが頼《たの》みたいことがあるって言っていたから、午前中に顔を出して。

最後に居残り組よ。今日は天気がいいから窓の掃除《そうじ》もしてね。あと、課題を提出するのを忘れないこと」

グイッジとはこの孤児院の出身者で、今は下《した》っ端《ぱ》の騎士《きし》である。

自身は薄給《はっきゅう》であるものの、時折孤児院の子どもたちを手伝いに呼び小遣《こづか》いをくれる。まだ働けない子どもたちは、そうやって少しずつ日銭《ひぜに》を稼ぐしかないのだ。

居残り組はまだ世話をしなければならない二歳のセイルの子守りをしつつ、孤児院の掃除を担当する。ついでに読み書きの学習があるので、どっさりと課題を与えられているのだ。

「うう、リリィ姉、あれ、もう少し減らさない？」

「将来いい仕事に就《つ》くために必要なことだって言ってるでしょう。それと、またお貴族様から寄付があったから、検品して目録を作成するのを忘れないこと」

昨日、寄付として大量の壺《つぼ》が届いた。

高価かどうかはわからない。大抵《たいてい》はその貴族が趣味《しゅみ》で集めたとかで、置き場所に困った無価値なものが多く、おかげで孤児院にはやたらと物が溢れている。あまりに数が多いので、目録を作っておかないと後で困ったことになるのだ。

仕事を割《わ》り振られ、一様に項垂《うなだ》れている子どもたちを、元気づけるように声をかけた。

「他に質問はない？　うん、ないわね。なら、今日も一日家族みんなのために頑張《がんば》りましよう！」

孤児院は運命共同体のようなもの。仲間であり、家族であり、分かち合うことが大切だ。

「それ、質問受ける気ないやつ――っ痛」

ゲミが食事をしながらぼやいて、トンリに足のすねを蹴《け》られていた。それを他の子どもがくすくすと笑いながら見ている。

オンボロ孤児院ではあるが、リリィが昔立案した運営戦略のおかげでなんとかやっていけている。

幼いリリィが捨てられても、仲間たちとここで笑って生きてこられたように、彼らにも環境《かんきょう》を整えてあげたい。子どもたちがより幸福に過ごせるといい。

こんなこと、神に祈ったところで解決はしないが、金は裏切らない。より幸福になるためには安定した生活を送ることが大事で、そのためには少しでも多くの収入を――そう願って必死で毎日をやりくりしてきたのだ。最近ではその努力が実り少しだけ生活水準がましになったように思える。

そうしてやや上向きかけたように見えた孤児院だが、突然窮地《とつぜんきゅうち》に立たされた。

――巨額《きょがく》の借金があることが判明したのだ。

ある日の早朝、見知らぬ男たちが借用書を携《たずさ》え孤児院に押しかけて来た。

偶然《ぐうぜん》出くわしたのはリリィである。働きに行く前であったのが幸いした。院長が対応していたら無口な彼のことだ。きっと言い負かされていたに違《ちが》いない。

「これがその借用書になります」

高そうなスーツに身を包んだ男が黒縁《くろぶち》メガネを片手で押し上げて、きりりと告げた。燃える炎《ほのお》のような赤い髪を後ろにきっちりと流して、身なりもしゃんと整い、金融業者《きんゆうぎょうしゃ》の中では、優しそうに見える。少なくとも強面《こわもて》ではない。

後ろに控《ひか》えている男たちも同様の格好で整然としており、粗野《そや》なところや悪徳な感じはしないが、だからこそ隙《すき》もない。

先頭の男――セイガルド・バーンズの言い分はこうだ。

リリィと共に孤児院で育ったアンシムが賭《か》け事《ごと》にはまってしまい、多額の借金を作った。その抵当《ていとう》にここの敷地《しきち》を指定した。

現在、アンシムは行方《ゆくえ》不明で借金の返済期日が過ぎたため、こうして担保《たんぽ》にした土地の差し押さえにやって来た、とのことだった。

孤児院にいた頃の朴訥《ぼくとつ》とした少年の姿を脳内でぎりぎりと締《し》め上げながら、泣き落としで同情を引こうと思っていたリリィはすぐに考えを改めた。

「待ってください、孤児院はそもそも一個人のものではありません。その敷地を勝手に担保になどできないのではないでしょうか」

　冷静に反論してみたが、真正面のセイガルドは笑顔を曇《くも》らせただけだ。

「言い分はわかりますが、ここはもともと修道院でしょう。修道院の土地は住んでいる皆の共有であるがゆえに、彼もその一部を譲《ゆず》り受《う》けている、とのこと。以前にも同じような理由でお金を借りた方がいて前例もあるので、書類審査《しんさ》が通ってしまったのです」

「前例？」

　そんな話は聞いたことがないと眉《まゆ》を顰《ひそ》めれば、セイガルドは同情したように息を吐《は》いた。

「その方は全額完済《かんさい》していますので、孤児院にまで話が届かなかったのでしょう。顧客《こきゃく》情報は開示できませんが、アンシムはたぶん付け知恵《ぢえ》されたのだと思われます」

　孤児院で暮らす者たちは皆、家族。家族が困っていたら支え合おうと頑張ってきた弊害《へいがい》がこんな形で露呈《ろてい》することになるとは。

　孤児院は十六歳の成人を迎えたら出て行かなければならない決まりがある。リリィが残っているのは職員として働いているからだ。しかも給金が出ない孤児院にとどまり続ける物好きなど自分くらいだ。

　大抵はどこかへ働きに出て自立している。アンシムもそんな一人だ。もともと気の弱い男で、そんな彼が賭け事にはまったとは意外だった。

「なんてこと……とりあえず、土地の一部なんですね？」

「それが……」

男は肩に下げていた鞄《かばん》の中から、他に六通の書類を出してきた。

すべて同じ借用書である。ただし、日付が異なる。

「複数の業者から同様の手口で金を借りていたようなのです。それをこちらで一本化いたしまして、合算したところ抵当に入っていないのはここの庭先の巨木《きょぼく》くらいになります」

「…………」

今にも折れそうな古木《こぼく》に子ども十五人を抱えて、高齢の院長と十七人で住めということだろうか。それはどう考えても無理だ。

アンシムの行方を追ってボコボコにしたいところだが、まず何よりも先にこの多額の借金をなんとかしなければならない。

「お話はわかりましたわ。心優しいアンシムが他人様《ひとさま》にご迷惑をおかけするなんて信じられませんが、きっと苦労したのでしょう。それに寒くなると咳き込んで体も丈夫《じょうぶ》じゃなかったんです……今はどこでどうしているのでしょうか……」

年齢的《ねんれいてき》にはアンシムはリリィの五つほど年上にあたるが、『慈愛の修道女』からすれば皆、愛する子どもたち、大切な家族である。

練習した涙《なみだ》を浮かべて手を胸の前で組み伏し目がちにセイガルドに尋《たず》ねれば、彼は同情したように顔を曇らせ、首を横に振った。

「彼が今どんな状況なのか我々もわからないのです。こちらでも全力で行方を捜《さが》していますので、見つけ次第《しだい》、連絡《れんらく》しましょう」

「そうですか、ありがとうございます」

頭を下げれば、セイガルドは書類をしまって鞄を抱え直した。その際に、彼の手の甲《こう》に小さな傷があるのを見つけてリリィは大げさに痛みをこらえるような顔を作った。

「まあ、お怪我《けが》をされていますわ！」

「え、ああ。出かける際にどこかで引っ掻いたようです。なんでもありませんよ」

「小さな傷でも放っておいて酷《ひど》くなったら大変ですよ。ぜひ手当てさせてくださいませ」

リリィがセイガルドの手を取って痛ましげに微笑むと、彼は真っ赤になって動揺《どうよう》した。

「いや、それは……申し訳なく……」

「構いませんわ。今、傷によく効く軟膏《なんこう》をお持ちしますわね。それとお金はなんとかしますので、もう少しだけお時間をいただけないでしょうか。あまりに突然《とつぜん》のことで子どもたちも動揺してしまいますし……」

「そうですね」

大きく頷いたセイガルドの後ろに控えていた男が苛立《いらだ》ったように口を挟《はさ》んだ。

「何を言ってるんです、せめて金目の物は差し押さえておかなけりゃ。下手に時間をやって持ち逃げされたら元も子もありませんよ。こんなオンボロ孤児院じゃどうやっても金なんて工面《くめん》できないでしょう。なんのために朝早くから人数揃えて来たんですか。とりあえず物品を押さえて、建物の解体の段取りをつけましょう」

なるほど、突然の差し押さえは、少しでも金になりそうな物を隠《かく》せないようにするためか、とリリィは感心した。だとしたら、困ることなんてない。ここにはそんな物などないのだから。いっそ売れない絵画や壺をこの機に引き取ってもらえるなら大変助かる。

しかし孤児院から立ち退《の》くというのは困る。皆の寝《ね》る場所がなくなってしまう。

「今すぐに追い出されないのであれば、お好きに中に入ってもらって構いません。ただ子どもたちが怖《こわ》がってもいけないので、先に説明のお時間をいただければ……」

「では、本日は見積もりだけにいたしましょう。こちらもお金を用意してくださるのであれば問題はありません。ひとまず返済の猶予《ゆうよ》は一週間設けます。工面できないようであれば、建物を壊《こわ》して土地を売ることになりますので、その旨《むね》ご了承《りょうしょう》ください」

一週間とは、慈悲《じひ》も何もない。紳士的《しんしてき》に見せかけてこの男、大した言い分である。そんな大金、貧乏孤児院に用意できる当てもないのはわかりきっているだろうに。

だが、こうしてたじろいでいても状況が変わるわけではない。

ふうっと小さく息を吐いて一度冷静になってから、リリィは「しばしお待ちあそばせ」と楚々《そそ》として彼らの前を辞したあと、スカートの裾をからげて院長室に突撃《とつげき》した。部屋でちんまりとお茶を啜《すす》っていた院長に向け、リリィは事態を口早に捲《まく》し立《た》てる。だが目的は、院長への報告ではない。何事かと覗《のぞ》きに来ていたゲミに素早《すばや》く指示を出すことだった。

「ゲミ、緊急《きんきゅう》事態の六番よ。子どもたちを呼び戻して早々に備えて」

「え、ええ？　六番ってなんだっけ。って、あいつらもう出かける支度《したく》を終えてるけど」

ゲミの後ろにいたトンリが、彼の襟首《えりくび》を引っ摑《つか》んで食堂に走りながら代わりに説明してくれる。

「徹底的《てっていてき》に同情を乞《こ》えってやつだよ。訓練でやったの忘れた？　荷物を持っていてもいいから、急いで声をかけて」

「あれ、抜き打ちでやるやつじゃん。あいつらにできるかな」

文句を返した小さな背中を、リリィも彼らと廊下《ろうか》を小走りに進みながら小さく叱《しか》る。

「そのための訓練なんだから、つべこべ言わないの。みんなを迅速《じんそく》に食堂に集めて、食事をさせるのよ。片付け途中《とちゅう》の食器を並べて、水を入れておけばそれっぽく見えるでしょ。昼用にとっておいたパンを一つだけちぎって全員に分けてちょうだい、欠片《かけら》でもいいからね」

緊急事態を想定した訓練は八番まである。一番から四番は避難《ひなん》訓練だ。地震《じしん》、津波《つなみ》、暴漢の襲撃《しゅうげき》、盗賊《とうぞく》の侵入を想定している。続く五番から八番は対貴族用、対商人用の相手別対応マニュアルになる。

六番は対貴族用（同情で寄付を乞う場合）である。

「あ、それと借金のカタに家財道具の査定に来ているから、孤児院の中を案内してあげて。この機にしまい込んだ寄付品を引き取ってもらって少しでも返済の足しにしましょう」

「さすがリリィ姉！　ただでは転ばないね。それはミトアに任せよう」

落ち着いていて頭の回転の速いトンリがいれば、食堂のほうは大丈夫《だいじょうぶ》だ。

軟膏を掴んだリリィが急いで玄関《げんかん》に戻れば、セイガルドはリリィが立ち去ったときのまま直立不動で待っていた。

後ろの男たちは不満げな顔を隠そうともしない。あまり待たせて金目の物を隠したなどと言いがかりをつけられてはたまらないので、リリィはにっこりと笑顔を向ける。

「お待たせいたしました。この薬ですぐによくなりますからね」

「ありがとうございます」

セイガルドの手の甲に軟膏を塗《ぬ》って手早く処置をすませると、堂々と男たちを招いた。

「さあ、中へどうぞ。子どもたちは今食事中で食堂に集まっておりますので、それ以外の場所でしたらお好きなだけ見てもらって構いませんわ」

あえて食堂の前を通って子どもたちの様子をアピールすれば、男たちは息を呑《の》んだ。

食堂の大きなテーブルに着いた子どもたちが、食事と呼ぶにもおこがましいほど具材の乏《とぼ》しい薄《うす》いスープと数がまったく足らないパンを分け合って食べている。

明らかに貧《まず》しい食事内容であるが、どの子どもたちも一心にそれらを口に運んでいる。ひたすらに無言で。薄暗《うすぐら》い食堂に、とても重たい空気が満ちていた。

指示どおりの食卓《しょくたく》に、リリィは内心で満足する。

「あら、リリィ姉。お客様？」

入り口の近くで小さい子どもの食事の世話をしていたミトアが、まるで今気がついたといわんばかりに明るく声をかけてきた。

「そうよ。そういえば、皆様《みなさま》はお食事がまだではありませんか？　大したものはお出しできませんが、ご一緒されますか？」

「い、いえ。我々は仕事がありますので」

セイガルドは戸惑《とまど》ったように首を横に振った。後ろに続く男たちの表情も渋《しぶ》い。何か見てはいけないものを見てしまったかのようにどんよりしている。

「そうですか。では、ミトア。この方たちに院内を案内してあげてくれるかしら」

「わかりました。ミトアです、よろしくお願いいたしますね！」

礼儀正《れいぎただ》しく挨拶《あいさつ》をする少女ににこやかに声をかけられた男たちはのけ反《ぞ》った。皆戦慄《せんりつ》している。

それをしてやったり、と見届けて、リリィはセイガルドに頭を下げた。

「すみません、私はそろそろ仕事に行かなければならない時間でして。あとのことは院長

先生に頼んでありますので……」

「わ、わかりました」

青い顔をしたセイガルドに、リリィは申し訳なさそうな顔をして頭を下げる。

これで、ひとまず孤児院の経営がギリギリの上に成り立っていると印象づけられたに違いない。さらにお貴族様からいただいたありがたい美術品の数々で、多少なりとも借金が穴埋めできれば御《おん》の字《じ》だ。

次は返済期限が一日でも延びれば……このあとは子どもたちに任せるしかないため、リリィは気を揉《も》みながらも仕事場へと向かう。

完全に遅刻《ちこく》である。

仕事場といっても、まずは朝一番に斡旋所《あっせんじょ》に向かい、求人《きゅうじん》を紹介してもらって日銭を稼ぐのである。そのため遅刻とも言い切れないのだが、割のいい仕事はすぐに決まってしまうので、出遅《でおく》れてしまったリリィは今日の儲《もう》けを諦《あきら》めた。そもそも多額の借金を抱えてしまったので、僅《わず》かな日銭を稼いだところでどうにもならない。

けれど相談できるのは仕事斡旋所にいる孤児院出身の幼馴染《おさななじ》みしかいないのも事実。

「キナあああ……」

斡旋所に着いて受付カウンターに並び、順番が来た途端《とたん》に、リリィは旧知《きゅうち》のキナに泣きついたのだった。

「アンシム？　あいつ、そんなことになってたの⁉」

孤児院出身でリリィと同い年のキナは、リリィの相棒だ。長年苦楽を共にしてきた戦友でもある。

一通り話を聞いたキナは目を吊り上げて怒ってくれた。

リリィは個室に案内されてお茶をいただいているところである。特別待遇《たいぐう》だが、仕事斡旋所で引っぱりだこの優秀《ゆうしゅう》な人材であるリリィの評判と、やり手とされるキナのコンビは知《し》れ渡《わた》っているので、うるさく言う者はいない。

いつもは仕事先を紹介してもらえばすぐに向かうので、こんな風にゆっくりすることもないのだが。

「あの馬鹿、口下手なだけで人畜無害《じんちくむがい》だと思ってたけど、そんな悪知恵《わるぢえ》も働くのね。まさか孤児院の土地を担保に金を借りるだなんて……」

キナは呻《うめ》くように吐き捨てて、顔を顰《しか》めた。

「入れ知恵したのは別の人らしいんだけど。とにかく、それがとんでもない額で、返せるアテなんてないよ……キナぁ、私どうすればいい？」

これまで寄付してくれた貴族に恥《はじ》を忍《しの》んでお恵みをと泣きつくのはどうか……とも考え

たが、世話になっている伯爵に自分からねだるのは貴族の概念《がいねん》からは恥ずべきことだと教えられている。それだけはしてはならないと禁じられていた。

結局、リリィはキナに割のいい仕事を回してもらうしか思いつかない。

「身売りしたところで、私じゃあそんな高値がつくわけもないしね」

「身売り……あー、そっか。うーん、でもなあ……」

「何？」

珍《めずら》しく歯切れの悪い相棒を不審《ふしん》げに見やれば、苦しそうに告げられた。

「一つ、アテがないわけじゃない……」

「え、本当？」

キナは腕組《うでぐ》みをしながらうんうん唸《うな》ったのち、躊躇《ためら》いながら口を開いた。

「これは正直紹介するつもりがなかった案件なんだけど……傲慢《ごうまん》な貴族嫌いのあんたには向かない話だし……」

「何よ、依頼主《いらいぬし》がそうなの？」

世の中には心優しい貴族もいれば正反対な貴族もいるが、とりわけ過去にひと悶着《もんちゃく》があってから、リリィは傲慢な貴族というやつを嫌悪している。

思わず顔を顰めれば、キナはやっぱりとリリィと同様の表情になった。

「そんな反応だとは思ったわよ。まあだけど、どうせ断り切れなかったしこれは仕方ない……そう、仕方ないのよ。ちょっと待ってて、所長のところに行って貰《もら》ってくるから」

「？　中身は求人票なんだよね？」

普段《ふだん》、仕事の斡旋をするために必要な紹介状は受付カウンターの後ろの棚《たな》に業種別に置いてある。そこからその人に合った仕事を選んで渡すのが職員の役目である。

なぜ、紹介状が所長のところにあるのだろうか。

「普通《ふつう》じゃない求人だからだよ」

「普通じゃないって何。初めて聞いたんだけど」

「まあ、読んでみて、大丈夫なら行ってみたらいいんじゃないかな。少なくともうまくすれば、借金の肩代《かたが》わりをしてくれるかもしれないし」

いつもと異なりずいぶんと含みを持たせて言《い》い淀《よど》むキナは、リリィから問われる前に、さっさと部屋を飛び出したのだった。


「ここ……？」

目の前に聳《そび》え立つ門構えを前に、リリィは途方《とほう》に暮れた。陽光を受けてピカピカと輝《かがや》く鉄柵が立派すぎて眩《まぶ》しい。

時刻はお昼前である。午前中に紹介状を受け取った足でここにいるわけだが、貴族街は仕事斡旋所からそこそこ距離《きょり》がある。しかも目の前の屋敷《やしき》はその中でも奥まった一等地にあった。徒歩で向かったリリィは大変後悔《こうかい》したが、なんとかたどり着いたところで、敷居《しきい》の高さに尻込《しりご》みした。

本当にこの場所でいいのか、誰か違うと言ってくれ。

けれど門番にキナから渡された紹介状を見せるとあっさり中へと通されたので、間違《まちが》いないようだ。木立を抜け、まっすぐに進めば、同じく聳え立つ建物が見えた。

この敷地の一角を借り受けるだけでも、孤児院の子どもたちが全員住めるかもしれない。むしろさっき見た門番小屋でもいい。

借金のお願いが無理だったら、あの小屋の貸し出しをお願いしてみようか。

しばらくなら庭先で野営させてもらっても生きていける。公爵《こうしゃく》様の庭先というか門の近くで、そんなことが許されるのかは謎《なぞ》ではあるが。

考えながら歩いていると、大きな扉《とびら》が開いて執事《しつじ》らしき男が現れた。

「ようこそ、リリィ様。こちらへどうぞ。主《あるじ》がお待ちです」

リリィはごくりと生唾《なまつば》を呑み込むと、案内されるままに屋敷の中へ一歩足を踏《ふ》み入れた。

そうしてキナに教えてもらった依頼人情報を思い出す。

『ダミュアン・フィッシャール、ってあの？』

『本人の前ではちゃんと様をつけないと。王弟殿下《でんか》で公爵様だし。そもそも大金持ち！』

紹介状を持ってリリィの元に戻ってくると、キナがこたびの依頼主の名前を告げた。

『まあ、さすがに傲慢な貴族嫌いのリリィでも知ってるか。国一番の有名人だものね』

『いや、まあ、その方を知らないのってこの国では赤ちゃんくらいじゃない？』

件《くだん》の人物は、赤子だって彼が目の前にいれば一目で恋《こい》に落ちるに違いないと言われているほどの美男子だ。もちろんリリィは本人を見たことすらないけれど。

ダミュアン・フィッシャール。セイリジン王国の現国王の十五歳年の離《はな》れた弟である。

そしていわくつきの元王子だ。

なぜなら出自が不明ときている。前国王の落とし胤《だね》であることはその容姿から間違いがなく、王族特有の空を思わせる透《す》き通《とお》る青い瞳は、よく見れば星を散らしたスターライトを孕《はら》んでいる。真っ青の中に独特の光を持つ特殊《とくしゅ》な瞳。

けれど、母親は王城の門前に生まれたばかりの彼を置き去りにして行方知れずとなっていた。前国王も誰が母親だとは公表していない。だがその瞳は王家の者の証《あかし》であるに違いないと、ひとまず王城の片隅《かたすみ》で育てられることとなった。

ところが前国王が病で亡《な》くなったと同時に、兄である王太子が即位《そくい》し、名ばかりの公爵という身分のみ与えて彼を城から追い出したのだ。今から十年ほど前のことである。

つまり、十三歳の成人前の少年が、ほぼ無一文で放り出されたわけだ。肩書きは得たものの、彼には領地もなく、権力もない。

けれど、そこから彼はあっという間に大富豪《だいふごう》にのし上がった。

隣国《りんごく》の鉱山開発に関わり、海運業を立ち上げ、ホテルなどの観光業へと投資を行う。その手腕《しゅわん》でさすがに現国王である兄も無視はできない存在となってしまった。

とにかく強運の持ち主で、商才に恵まれている。

その上、容姿は文句なしに整っているときた。

若い身空《みそら》で金もありあまるほどに持っているのだから、女が寄り付かないはずはない。

おかげで現在、この国の夫にしたい男の頂点に君臨しているのだが、何より彼はその傲慢な態度が有名だった。不遇《ふぐう》な生《お》い立《た》ちゆえ屈折《くっせつ》するのも頷ける話ではあるが、リリィの関心からは完全に除外される。

ところが、目の前の紹介状を見つめて、リリィは怒《いか》りで手が震えた。

『これは本気、なの？』

『今はありがたい申し出でしょ』

確かにありがたいが、さすがに人を馬鹿にしていないだろうか。

さすがは傲慢公爵である。

『ひとまず怒らずに落ち着いて聞いてよ。この仕事の依頼に来た人は、公爵様の直筆のサインを持っていたわ。ぶっちゃけ、本物かどうかはわからないけど』

『待ってよ。それって、のこのこ現れたら不届き者として処罰《しょばつ》されるんじゃあ？』

怒りは霧散《むさん》した。一抹《いちまつ》の不安をキナに伝えれば、彼女も困ったように笑う。

『でも、こんなおかしな仕事を真面目に頼むのは、やっぱりかの傲慢公爵様ならではだとも思うのよね。ほら、金持ちの道楽って言うじゃない。権力者らしい高慢《こうまん》さというか。こんなこと、庶民《しょみん》には思いつかなくない？　だってあんたは仮にも修道女よ。相手は神様にすら喧嘩《けんか》を売るような不逞《ふてい》の輩《やから》ってことでしょう？』

『…………』

確かに、そうなのかも？　と思わなくもない。

リリィはなんちゃって修道女なので、自身に罪悪感はないが、この依頼が一般的《いっぱんてき》な考えでないことはわかる。

とにかく傲慢な人間というものは不可解な感性を持っていて、理解できない思考で動くというのはわかった。

『貴族らしい比喩《ひゆ》表現で体を売れってことかしら？』

痩《や》せた自分の凹凸《おうとつ》のない体を見下ろして問えば、キナは首を横に振る。

『一応確認したのよ。うちは娼館《しょうかん》への口入れはしていないから、そういう話は扱えませんってね。ソコに関してはきっぱり否定したわ』

『だとしたら、ますます何をさせられるのかしらね……？』

『しかもこれ、名指しだから、リリィ以外は受けられないの。だから、所長の手元に保留してもらっていたんだけどね。とにかく、行って話を聞いてきたらいいんじゃないかな。あんたにはのっぴきならない負債《ふさい》もできたわけだし』

確かに彼女の言うとおり、莫大《ばくだい》な借金を返せる案が他にあるわけでもない。藁《わら》にも縋《すが》りたいリリィとしてはこの依頼に乗るしか手はないのだ。

キナはにっこりと安心させるように微笑んだ。

『もしも処罰されそうなら、命がけで逃げればいいわ。そのときは、なんとか助けてあげるから。まあ、無理かもしれないけれど、できる限りのことはするから』

物騒《ぶっそう》なはなむけで送り出され、幼馴染みはやっぱり騙《かた》りを疑っているんじゃないか、とジト目で見てしまったのは致《いた》し方ないことだと思う。

リリィが握《にぎ》りしめた仕事の依頼内容には、『愛の売買契約《けいやく》』と書かれていた――。

そうして、覚悟《かくご》を決めてやって来たものの、すでに怖気《おじけ》づいている。

セイリジン王国の宗教では聖職者も婚姻《こんいん》はできるが、前提としない異性との交際は認められていない。ましてや金で修道女を買うなど、神への冒瀆《ぼうとく》ですらある。

リリィの仕事着は、かつての修道院の名残で置き忘れられていた修道女の服である。別にリリィに信仰心《しんこうしん》は微塵《みじん》もないけれど『慈愛の修道女』の標準装備でもあるので、孤児院の中だけでなく仕事斡旋所に行くときも買い物をするときも着ている。

つまり、物語のさし絵でしか見たことのない立派な暖炉《だんろ》のある部屋で。

今にも優雅な音楽が聞こえてきそうな部屋で。

ふっかふかの体ごと沈《しず》み込みそうなソファに落ち着いて座ることもできないような部屋で。

大きな毛皮かなと思うような絨毯《じゅうたん》の敷《し》かれた床《ゆか》をどう傷つけずに足を動かすか気後れする部屋で。

——一番不似合いな格好をしているのだ。

所在なげにリリィは自分の格好をひたすら悔《く》いていた。もはや、裸《はだか》でいたほうが良かったかもしれない。一張羅《いっちょうら》ではあるが、言ってみれば古着というかぼろきれである。この部屋と比べれば、雑巾《ぞうきん》のほうがまだマシな気がする。

だがうら若き乙女《おとめ》が裸というのもどうなのだ。そもそも裸で対面するのがアリかどうかも判断がつかない。

もうやだ、帰りたい。でも一歩も動けない。

リリィが迂闊《うかつ》に動けばいろんなところが汚《よご》れそうである。

誰か自分を荷物として運び去ってくれないだろうか。むしろごみ屑《くず》のように箒《ほうき》で掃《は》いて、ちりとりに入れて一緒に廃棄《はいき》してほしい。

悪目立ちどころか、もう世界というか、次元が違う。呼吸することすら恐《おそ》れ多《おお》い。部屋からは、なんかいい匂《にお》いがするし。

突然降って湧《わ》いた借金で、自分の頭はどこか麻痺《まひ》してしまったに違いない。

こんな話を真に受けてのこのこやって来るなんてどうかしている。

傲慢な貴族は嫌《きら》いだけれど、相手は貴族の頂点に立つような人物である。そんな相手に碌《ろく》な戦略もなく挑《いど》むなんて無謀《むぼう》が過ぎた。丸裸《まるはだか》で竹やり持って、鎧騎士《よろいきし》に突撃するようなものだ。瀕死《ひんし》どころか、絶対死しかない。

高すぎる天井《てんじょう》を見上げれば、落ちてきたら即死《そくし》確実のシャンデリアまである。

一つ一つの装飾が輝いているが、あんな形の石を昔削《けず》ったことがあったなあとぼんやり思う。頭上のあれはきっと本物の宝石だろうけれど。

それで少しだけ落ち着いた。日常生活を思い出すって大事なことだと実感する。

——なんとか目の前にいる青年を、ようやく直視できるまでになった。

まるで絵に描《か》いたような王子様がいる。無表情であるがゆえに、ますます絵画のようだ。長い脚《あし》を組んで、ふんぞり返ってはいるが、尊大さも横柄《おうへい》さも、その存在感を引き立てている。横に置かれた金貨の山がさらに助長させているともいえた。

何故《なぜ》かリリィを凝視《ぎょうし》したまま、彼は微動《びどう》だにしないけれど。

いつまでも話し出す気配のない青年の代わりに、彼の横に立つ男が口を開いた。

「不躾《ぶしつけ》なお呼び立てにもかかわらず、リリィ様にはこうしてご足労いただきまして誠《まこと》にありがとうございます」

「あの、普通に、リリィで結構です」

「王都で随分と評判になっておられますよね。『救済の乙女《おとめ》』の再来、『慈愛の修道女』様と——そのような立派な方を軽々しく呼び捨てはできません」

救済の乙女とは、大昔に活躍した聖女のことである。実在するれっきとした貴族出身のお嬢様《じょうさま》で、実家の資産によって人民を救済したとされる、リリィの境遇《きょうぐう》とは真逆の篤志《とくし》家《か》だ。貴族社会では金にものを言わせた人気取りだのあしざまに貶《おとし》められることもあるそうだが、庶民の間では絶大な人気を誇《ほこ》る。

話題作りのためにも偉大《いだい》な人物の異名《いみょう》を拝借しようと提案した伯爵を心の中で締め上げながら、リリィはひたすらに恐縮《きょうしゅく》した。そんな大層な存在になったつもりはない。ただ慈善《じぜん》活動に熱心な金持ちや貴族受けがいいように、少し可哀《かわい》そうさをアピールしただけである。

話が大きくなりすぎた！　リリィは修道女の格好をした、ただの苦労人である。ちょっと根性《こんじょう》があって、そこそこ愛嬌《あいきょう》のある少女というだけだ。

「……とんでもないことでございます」

「お噂どおりの謙虚《けんきょ》な方ですね。ああ、申し遅《おく》れました。私はフィッシャール公爵の秘書をしております、デイベック・スキアです。そしてこちらが、当主のダミュアン・フィッシャール公爵です」

「は、初めまして……？　リリィと申します」

噂と言われればもちろん『慈愛の修道女』以外にないが、だからといってどう返すのが正解なのかもよくわからない。いつものようにとりあえず、薄く微笑んでみた。

どこかたどたどしい挨拶を口にして、ぺこりと頭を下げても、青年はやはり身じろぎすらしない。もうこれ、精巧《せいこう》な置物なのでは？

からかわれたか、仕事の依頼は何かの間違いだったのだと思わざるを得ない。だって、愛の売買契約だ。モテの極致《きょくち》でよりどりみどり、求婚《きゅうこん》が多すぎて困り果てるほどに人気のある男が、ちっぽけな庶民の愛を買うなんて、そんなことする必要があるものか。

「お会いできて嬉しいです、リリィ様。ところで、こうして足をお運びくださったということは、依頼を受けていただけるという理解でよろしいでしょうか」

口を開かない公爵の代わりにデイベックがにこやかに話を進めてくる。

「とても光栄《こうえい》なお声がけに、こうして参上しました。けれど私のようなしがない者に、いったいどれほどのことができるでしょう」

そもそも何を求められているのかわからないことが問題なのだ。どんな仕事をさせられるというのか。

リリィが伏し目がちに震えれば、なぜかこれまで黙《だま》っていた公爵が突然口を開いた。

「お前は献身的な女で、自己犠牲《ぎせい》の精神に富み博愛主義だと聞いた。修道女は本来、神にその身を捧げ貞潔を求められるだろうが、俺がその愛を言い値で買おう」

何を言われているのか、理解できなかった。よく通る美声ではあるものの、早口だし。

そもそもなんだって？

「おい、聞いているのか？　それとも聞こえなかったのか。お前のその尊い愛を俺が言い値で買ってやると言っているんだ」

どうやら聞き間違いでも、言い間違いでもないらしい。

愛、である。

そんなもの、リリィは生憎《あいにく》と持ち合わせていないが、売れるものはとにかくなんでも売ってきた実績がある。金さえちゃんと貰えれば、彼の求める壮大《そうだい》な愛を売ってみせようではないか。だがそれ以前に、依頼が抽象的《ちゅうしょうてき》でよくわからないのも事実。

要約すれば、公爵の言いたいことは、愛してほしいということだろうか。

そのために対価を支払《しはら》う、と。

神への愛を金で買えると信じているところが、リリィの理解の範疇《はんちゅう》を超《こ》えているし、偽物修道女であっても正直なところ馬鹿にされているような気にもなる。いや、冒瀆《ぼうとく》だ。だというのに、それがリリィに求められている仕事なのだ。

――本当に傲慢なお貴族様の考えることってまったくもって解《げ》せないわ……っ！

いっそ清々《すがすが》しいほどに理解も共感もまったくない。内心でブチ切れていたリリィに、横に控えていたデイベックが肩を竦《すく》めた。

「私が話をするから黙っていてくださいとお願いしたでしょう」

「時間は有限だぞ、ちっとも先に進まないじゃないか。俺は待つのが大嫌いだ」

不機嫌《ふきげん》そうに公爵に睨《にら》まれても、秘書は少しもたじろがない。メンタル鬼強《おにつよ》だな、とリリィは羨《うらや》ましくなった。

「時に取引には、時間が必要になります。特に個人契約には慎重《しんちょう》になるべきですよ」

「トラクたちを金で買ったときはすぐだったじゃないか。立派に忠誠心を捧げて尽《つ》くしてくれている。お前だって給与分は、しっかりやってくれているだろう」

「彼らは元傭兵《ようへい》で契約には慣れていますよ。私だってまあ秘書ですから、報酬《ほうしゅう》に見合った分は働きます。実際、忠誠心を金で買ったと信じているのは貴方《あなた》くらいでしょうけれど」

やれやれと肩を竦めてみせた秘書の言葉にリリィは目を丸くした。

忠誠心を金で買った⁉

――この人はアレだな。金で買えないものはないと信じている人種で、きっと幸せになれる怪《あや》しい壺を売りつけられても案外騙《だま》されてしまうタイプだろう。

「すみません、少し確認してよろしいでしょうか。ええと、公爵様が買ってくださる愛というのは、実際にどういうものを指《さ》しますか」

神への愛とは博愛精神のことだろうか。そんな愛を求められているのであれば、会話するくらいの感じだろう。だがただの語らいで満足するのか、わからない。

「俺はとにかくこの世で一番の最上級のものが欲しい。そんな愛だ」

いや、ただの個人がそんな超《ちょう》ド級《きゅう》の愛を提供するのは無理なんじゃないかな⁉

リリィはどん引いた。理解不能だと愕然《がくぜん》としたが、公爵は不思議そうに首を傾《かし》げた。

「なぜわからない？　いつもお前がやっていることだろうに」

博愛精神や献身的な愛についてはよくわからないけれど、リリィがいつもやっていることといえば、孤児院を整えて子どもたちに教育を施《ほどこ》して日銭を稼ぎに行くだけだ。

「つまり、メイドとして働けということですか？」

「なぜそうなる」

呆《あき》れ果《は》てたように返されても、じゃあ何をすれば条件を満たせるというのか。

「公爵様の言葉選びに問題があるのでは？　だから、私から話しますと申し上げました」

「ちゃんと説明しているじゃないか。なぜ理解できないのかわからん……」

言い渋った公爵は、そのまま押し黙った。そっくり今の言葉を返したい。

それから顎《あご》をしゃくってみせたので、デイベックが心得たように口を開いた。

「リリィ様の尊い愛は広くて深く、素晴らしいと評判です。その愛で、公爵様を満たしてほしいのです」

ますます首を傾げるリリィに、デイベックが安心させるように微笑んでみせた。

「具体的には貴女《あなた》のその愛でもって、公爵様に献身的に尽くしていただくだけでいい。リリィ様には公爵様の愛情深い恋人になってほしいのですよ」

正気か？

頭は正常に働いているのかと聞きたいレベルである。

リリィは思わず公爵をガン見したが、彼も不機嫌そうに見つめ返してくるだけだ。

整った容貌《ようぼう》は疑いようがないが、尊大な態度も隠しようがない。

そんな傲慢公爵が庶民派の修道女の恋人を金で買う？

微塵も信じられない。なんのつもりか知らないが、リリィが騙されていると考えるほうが自然である。

「どれほどの大金だろうと払《はら》う。お前は頷くだけでいい」

「そんな言い方だと伝わらないですって。リリィ様は、公爵様の数々の噂をご存知かと思いますが、この方はお金しか信用していないのです。自分で得たもので、欲しいものを買う。等価交換《こうかん》でしか、色々なことが信用できない可哀そうなお方なんですよ」

「おい？」

「偏屈《へんくつ》は黙っていてください。リリィ様に同情してもらわないことには話が進まないでしょうが。リリィ様、このお方は商売も取引も契約も何もかもが金で買えると信じてらっしゃる。憐《あわ》れなことでしょう？」

「……お前はこれまでそんなことを思っていたのか」

不機嫌を隠しもせずに渋面《じゅうめん》を作った主人を、秘書はあっさりと受け流した。

「リリィ様に伝わるよう説明しているだけですし、間違ったことは言っておりません」

主従のあけすけなやりとりにぽかんとしてしまう。この人たちは、何かの喜劇でも演じているのだろうか。

だがデイベックは、リリィに向かって真摯《しんし》な眼差しを向けてくる。

「ですから、買わせていただけませんか。貴女の最上級の尊い愛を――」

言い値で買っていただけるのであれば、公爵の申し出は、孤児院を救いたいリリィにとって正直大変ありがたい。

リリィは恋人に向ける愛という言葉が嫌いだし、愛情深い恋人なんて想像がつかない。けれど、今のリリィには、すぐに金が必要なのだ。生まれ育った大事な孤児院を潰《つぶ》されるなんて冗談《じょうだん》じゃない。

この際傲慢貴族への悪感情など封《ふう》じ込めて、誠心誠意頑張る所存である。開き直っていっそ借金が帳消しになる金額を吹っかけてやろうかとリリィが目論《もくろ》んだときだ。

「『慈愛の修道女』様の愛を買うのですから、対価はそれなりにご用意させていただきますよ。こちらは、手付《てつけ》の一部になります。実際にはこれほどかと——」

ダミュアンの横に山と積まれた金貨を示してから、デイベックが当然のように口にした数字は、リリィがアンシムの作った借金を返してもまだ余りあるほどだった。

「とんでもない額で、大変恐れ多くございます。そこの金貨だけでも十分かと……」

恐縮したリリィに反して、公爵は首を傾げた。

「たったそれだけでいいのか？」

一瞬でリリィはテーブルに積み上げられた金貨の枚数を計算した。その一山だけでも庶民三人が一生働いても返せないような大金だ。

孤児院の敷地のほとんどを占《し》める土地代と同等の金額でもあるというのに？

それを！　たった！　それほどと!?

これだから、傲慢お貴族様は——！！！

「喜んで務めさせていただきます、ダミュアン様」

桃色の瞳をキラキラと光らせて、リリィは微笑んだ。これまでの憂《うれ》いや嫌悪《けんお》がすべて吹っ飛んだ瞬間《しゅんかん》だった。ダミュアン（のお金）大好き状態である。一応慈愛に満ちた表情（多少は引きつっていたかもしれないけれど）を忘れないよう心掛《こころが》けながら。

そうして用意されていた契約書にサインをすることになったが、緊張感《きんちょうかん》が甚《はなは》だしい。

仕事の内容があやふやな割に莫大な金がかかっている契約である。一つでもリリィがドジを踏めば、孤児院の存続など一瞬で消し飛ぶのだ。

デイベックは懇切丁寧《こんせつていねい》に説明してくれたが、ある程度リリィが理解できたのも、世話になっているウラウス伯爵に色々とせがんで教育を受けさせてもらえたからだろう。小難しい契約書の単語もなんとか呑み込めた。

もちろん、リリィを騙す理由が二人にないのはわかっている。孤児院の職員の人生をどうこうしたところで、彼らの地位には瑕疵《かし》一つつかない。ただ一点、契約上の違約金《いやくきん》に関する事項《じこう》については引っかかりを覚えた。引っかかったというか、金額に慄《おのの》いた。

恋人契約が不履行《ふりこう》にならない限り、違約金は発生しない。大丈夫、私はできる、と何度も自分に言い聞かせ、気持ちを鎮《しず》めた。これまでの人生、すべて気合と根性で乗り越《こ》えてきたのだ。

「ちなみにこちらの、契約期間が評価満了日《まんりょうび》というのは？」

「ああ、それは形式上書かせていただいただけで、実際には公爵様が飽《あ》きるまでです。あんまり長くはないと思いますよ、何せ気分屋なところがあるので、最長でも一年と見ていただければ」

リリィが尋ねれば、打てば響くようにディベックが答えた。

つまりダミュアンがリリィに飽きればその時点で契約は終了《しゅうりょう》ということだろう。

「では、これで成約ですね。部屋はこちらに用意しておりますが、いつ頃《ごろ》からお使いになりますか」

契約書には一緒に住むこと、との明記があった。このどこもかしこも高そうな屋敷で生活する自分が想像できないが、多忙なダミュアンとは、そうでもしなければ会えないということなのだろう。ならば断ることはできず、受け入れるしかない。

ダミュアンは仕事の間は普段どおり過ごすとのことなので、リリィにとっては寝る場所が変わるくらいだろう。

「それでは一度、孤児院に戻って子どもたちに説明してからになりますので、明日からお願いいたします」

リリィは恋人契約というのがいかなるものかいまいち理解できないまま、このときは契約書と金貨を貰って、孤児院を救った達成感に意気揚々《いきようよう》とダミュアンの屋敷を後にしたのだった。

第二章　偽り修道女の尊き恋人道

職人には、道というものがある。

豊富な経験と優《すぐ》れた能力で卓越《たくえつ》した技《わざ》が光る、その道の職人である。

お金をもらうからにはきっちりと仕事をするべき、というのがリリィの信条だ。経験がないとか、能力がないとか、契約《けいやく》がまとまった時点で言い訳も妥協《だきょう》も通用しない。歯を食いしばってでもこなすべきである。

やってやろうじゃないか、大人の恋人道《こいびとどう》の職人とやらに。何をするべきかもしっかりと予習済みだ。

恋人の愛など信じていないけれど、お金は信じている。前金を受け取っているのだから、求められたことはきっちりとすべきだ。リリィのやる気は最高潮である。

つまり、献身的《けんしんてき》な最上級に尊い愛を依頼人《いらいにん》に捧《ささ》げるのだ。

首を洗って待っていろ、とダミュアンに宣言したいくらいだった。

「おはようございます、ダミュアン様」

契約した翌朝、リリィはフィッシャール公爵邸《こうしゃくてい》にやって来て、寝入《ねい》っている彼を起こした。

日の出前でも一日のスケジュールをぎちぎちに詰め込んで働いているリリィの空き時間はここしかない。

できるだけ優《やさ》しく甘い声で――教えられたとおりに、声をかける。

まかり間違《まちが》っても、孤児院《こじいん》の子どもたちを起こすようながなり声は出さない。

彼は不機嫌《ふきげん》そうに顔を顰《しか》めて、「なんだ」と昨日よりかなり重低音で問いかけてくる。

艶々《つやつや》の髪《かみ》は寝《ね》ぐせなんてつかないのか、眠っていたと少しもわからないほどに整っている。その髪にそっと口づけて、リリィは囁《ささや》いた。

「愛《いと》しい貴方《あなた》はお寝坊《ねぼう》さんなんですね。とても可愛《かわい》いですから、このまま寝かせてあげます。もう少しおやすみなさい、ダミュアン様」

無理やり起こさないこと、髪に口づけてお寝坊さんと伝えること、可愛いと囁くこと――まずは朝の甘い恋人ミッションをやり遂《と》げた。

リリィはよしっと気合を入れると、扉《とびら》をそっと開ける。廊下《ろうか》でおろおろと控《ひか》えていた執事《しつじ》のファレスに頭を下げてから、にっこりと微笑《ほほえ》んだ。

「朝のお勤め、無事に完了《かんりょう》いたしました。ファレス様のおかげですわ、ありがとうござ

いました。今日は他に予定がありますので、こちらに来るのは夜になると思います。それでは失礼しますね」

一仕事やり終えた達成感に満ちたまま、リリィは仕事斡旋所《あっせんじょ》へと向かう。

割のいい仕事は争奪戦《そうだつせん》だ。昨日はサボってしまったので、今日からまたガッガッと働かなければならない。

「は、はあ……行ってらっしゃいませ」

ファレスは茫然《ぼうぜん》としたまま、ぎこちなく見送った。その視線を背中に受けて、リリィは颯爽《さっそう》とダミュアンの屋敷を後にするのだった。


昨日、公爵との恋人契約を終えた足で、リリィは金融業者《きんゆうぎょうしゃ》のセイガルドの元へと赴《おもむ》き、ダミュアンから貰《もら》った金貨のぎっしり詰《つ》まった袋《ふくろ》を手渡《てわた》した。ちなみにここまで何気なさを装《よそお》って来たが、額が額だけに緊張《きんちょう》で震《ふる》えっぱなしだったことは、割愛《かつあい》する。

セイガルドは袋の中を見て、その支払《しはら》い主の名前をリリィから聞くと息を吐《は》いた。

「貴女《あなた》は公爵様とも面識が？」

「え、ええ」

今日初めて会いました、とはとても言えないリリィである。セイガルドは「『慈愛《じあい》の修道女様』はすごいんですね」と、感心しつつ、頷《うなず》いた。

「こちらで全額清算させていただきます。先に査定させていただいたものはそのままにしておきますので、差し押さえの赤札は剝《は》がしてください。けれど、アンシムは行方知れず《ゆくえ》のままですし、また同じことを繰《く》り返《かえ》すかもしれません。捜したほうがいいでしょう」

確かに今回の借金は返済できたが、次に同じような負債《ふさい》を作られたら今度こそ孤児院を潰《つぶ》さなければならなくなる。元を断《た》たねば永遠に解決しないのだ。

頷きながら、しかし心当たりはすでに子どもたちに頼《たの》んで捜してもらっているところである。あとは連絡《れんらく》が来るのを待つしかない。

「微力《びりょく》ですが、他に何かお助けできることがあれば、いつでも相談にいらしてください」

借金取りではあるが、セイガルドは最初から最後まで紳士的《しんしてき》に対応してくれた。

リリィはじっと目の前の好青年を見つめる。

セイガルドは年上の男性だ。そして誠実な人柄《ひとがら》が滲《にじ》み出《で》ている。

今、リリィが求めている人物像にピッタリではないか！

「お言葉に甘えて早速《さっそく》で恐縮《きょうしゅく》なのですが……」

「なんでしょう？」

きょとんとセイガルドが榛色《はしばみいろ》の瞳《ひとみ》を瞬《またた》かせた。リリィは身を乗り出すように迫《せま》る。

「恋人はいらっしゃいますか」

「はい？」

「のっぴきならない諸事情により、年上の男性が恋人にしてもらいたいことを知りたく思いまして！」

そうして、リリィはなんとか公爵と同年代の男性に、『恋人にしてほしいこと』を聞き出すことに成功したのだった。

さすがはセイガルド。リリィが見込んだだけのことはある。意外にも恋人がいないということだが、彼は恋人への願望を、恥《は》ずかしそうに、けれど熱心に語ってくれた。

それを今朝、公爵に実行したのである。こうしてリリィの献身的な愛を捧げる完璧《かんぺき》な恋人を演じる仕事が始まったわけだ。

結果はわからないが、首尾《しゅび》よく運べたのでは？

初めてにしては上出来だとリリィは気分よく、仕事斡旋所へとやって来ることができた。その上、朝一番に駆《か》け込めたので、上得意先であるとある工場の仕事を手に入れることもできたのだ。

顔馴染《かおなじ》みの工場だったので、紹介状《しょうかいじょう》を持っていくだけで親方からは大歓迎《だいかんげい》された。分厚いエプロンに長靴《ながぐつ》、強化手袋《てぶくろ》をはめた手にトンカチを持ってゴーグルを着け、目深《まぶか》に帽子《ぼうし》を被《かぶ》れば準備万端《ばんたん》である。

指示されたとおりに一心不乱に作業を続けていると、昼前になって何故《なぜ》か真っ青な顔をした親方がリリィの元に転げるようにやって来た。

「親方、どうかしましたか？」

「リリィに、め、面会が……」

まさか、孤児院に何かあったのだろうか。

震える親方の横を通りすぎて工場の出入り口に向かえば、豪奢《ごうしゃ》な馬車が立ちはだかるように道を塞《ふさ》いでいた。

「こんなところに、馬車？」

不思議にはなったものの、孤児院のほうが心配だ。馬車を避《よ》けて子どもたちの姿を通りに捜すが、見知った顔は見つからない。

「あれ？」

「お前、まさか俺を無視しているのか……？」

憮然《ぶぜん》とした声をかけられて、きょろきょろしていたリリィは驚《おどろ》いた。

「え、ダミュアン様？」

馬車の陰《かげ》から不機嫌そうに姿を現したのは、仕立ての良《い》いスーツを着込んだダミュアンだった。例の艶《つや》やかな髪をさらりと自然に流している。金色の華《はな》やかな髪色が春の柔《やわ》らかな日差しを受けて輝《かがや》く様が眩《まぶ》しくて、リリィは思わず目を細めた。仏頂面《ぶっちょうづら》でも変わらぬキラキラしさである。

だが、なぜこんなところにいるのか。

もしかして面会相手とは、ダミュアンだった？

つまり、リリィに会うためにこうしてやって来たのか。青ざめた顔をしていた親方を思い出して得心したが、不機嫌を隠《かく》しもしないダミュアンの真意はわからない。

リリィに何かしらの文句を言いに来た心配もある。

身構えつつ、リリィは『慈愛の修道女』らしい笑《え》みを浮《う》かべ『偶然《ぐうぜん》恋人に会えたときに言ってほしい台詞《せりふ》』を述べてみた。

「まあ、ダミュアン様。まさかこのような場でお会いできるなんて、夢みたいですわ」

穏《おだ》やかで優しい口調を心掛《こころが》けたが、ダミュアンは盛大《せいだい》に顔を顰めた。

整った顔を歪《ゆが》めていると迫力《はくりょく》がある。恋人として何か間違ったことを言ってしまったのだろうか、とリリィは内心で焦《あせ》った。

「お前は先ほどから、随分《ずいぶん》と偉《えら》そうに……」

朝のものよりもかなり低い声が、地を這《は》うように響《ひび》いてくる。

かなりのご立腹だ。リリィの恋人ぶりがよほどお気に召《め》さないらしい。

「お、俺が、いつ、お前に名前で、呼ぶことを許した？」

つっかえながら、ダミュアンが早口で告げた。顔が赤く、焦《あせ》っているように見えるのはきっと怒《いか》りのあまりだろう。これ以上彼の機嫌《きげん》を損《そこ》ねるのは職人として得策ではない。

「すみません、恋人なら名前で呼ぶものだと聞いたので。もしかして不快でした？」

セイガルドは、恋人には名前で呼んでほしいものだと言っていたが、ダミュアンには当てはまらなかったらしい。

ならばすぐにやめます、と続けたが、彼はますます渋面《じゅうめん》を作るだけだ。

どうしたらいいのか、リリィにはさっぱりわからない。

契約したからには、立派に恋人を務め上げようとリサーチした結果ではあるものの、庶《しょ》民《みん》の意見はやはり参考にならないのだろうか？

「いや、そのままで、いい……？」

なぜ、疑問形？　それを決めるのはダミュアンであって、他の人ではないはずだ。

困惑《こんわく》したが、リリィは改めて問いかけた。

「ええと、それでご用件は？」

リリィの仕事場までわざわざ忙《いそが》しいダミュアンがやって来たのだから、何か訳があってのことだろう。まさか名前がどうこうを尋《たず》ねに来ただけではあるまい。

「あー、……いや、それよりお前のそのひどい格好はなんだ？」

「これですか、作業中でしたので」

「トンカチが必要なものなのか？」

上から下までリリィの出で立《い》ちを眺《なが》めて、ダミュアンは絞《しぼ》り出《だ》すように口にした。

「貝殻《かいがら》を細かく砕《くだ》くんですよ。心を込《こ》めてやらせていただいております」

日々のストレス発散には持ってこい。その上お金が貰えるのだから一石二鳥《いっせきにちょう》。

リリィ一押《いちお》しの職場である。コツを摑《つか》めば簡単にできて、楽しいのだ。素早《すばや》く均一《きんいつ》に貝殻を粉砕《ふんさい》できることを密《ひそ》かに自慢《じまん》にしているほどである。

楚々《そそ》とした微笑《びしょう》を浮かべてみせるが、トンカチがすべてを台無しにしているのはわかっている。珍《めずら》しく目を丸くした彼の表情が雄弁《ゆうべん》に物語っていた。

「な、なんのために？」

「炭酸カルシウムはガラスの原料になるんです。とても大切なお仕事ですわ」

「ガ、ガラス？」

「王都の特産品ですよね。よく王侯《おうこう》貴族様にも献上《けんじょう》されております」

「ああ、アレか……」

傲慢《ごうまん》で泰然《たいぜん》としている彼が興味深そうに視線を巡らす。意外な一面を垣間見《かいまみ》ることができた。恋人役としては誇《ほこ》っていいかもしれない。

「ところで、つかの間でもこうしてお会いできて私としてはとても嬉《うれ》しいのですが、ダミュアン様も大切なお仕事があるのではありませんか？」

本来の疑問を思い出したリリィはダミュアンに尋ねた。首をひねればダミュアンはまた狼狽《うろた》えはじめた。今日一日で、彼への印象がだいぶ変わりそうである。

「あー、その、朝……」

「朝？」

「ああ、だから、あの、つまりだ」

「はい」

「…………い、いい天気だったな」

「はい？」

「き、急用を思い出した。ではな」

「はい⁉」

取り繕《つくろ》うのも忘れて、リリィは素で答えていた。ダミュアンはそんなリリィに応じることなく、なぜか超絶《ちょうぜつ》不機嫌顔《ふきげんがお》のまま馬車に乗り込んで、走り去ってしまった。

取り残されたリリィは小さくなっていく馬車を見送って、青い空を眺める。

ダミュアンは傲慢で物言いは横柄《おうへい》だけれど、どこか憎《にく》めない可愛らしさがある。

傲慢な貴族は大嫌《だいきら》いなのに……。

でも青い空に罪はないし。見上げれば、本当に真っ青に晴《は》れ渡《わた》った春の空が見えた。こんなふうに明るいうちに空を仰《あお》ぐのはいつぶりだろうか。

──確かにいい天気だ。

仕事場にいると、空なんて見る余裕《よゆう》ないからなぁ。

それを教えてくれたダミュアンには、ほんのり温かい気持ちになった。

そうして一つ小さく頷くと、また気合を入れて貝殻の破砕《はさい》作業に戻《もど》るのだった。


無事にその日の勤めを終えて、リリィは孤児院に帰院した。

掃除《そうじ》は居残り組の子どもたちがすませてくれたらしい。まだ小さい子も多いのに、感謝しきりだ。本当に健気《けなげ》で働き者である。

玄関《げんかん》から軋《きし》む廊下を進んで、二階へと続く階段の奥にある厨房《ちゅうぼう》へと向かう。すでに年長者の三人が夕食の下ごしらえをしていた。振り返ったミトアが笑顔《えがお》で迎《むか》えてくれる。

「お帰り、リリィ姉《ねえ》。廊下に貼《は》った新作見た？」

「ただいまー、ちゃんと見たよ。あとでトックを褒《ほ》めてあげなくちゃね」

孤児院の壁《かべ》には子どもたちが作成した絵や工作物が飾《かざ》ってある。厨房までの廊下を進めば目新しいものが増えていて、色使いからその作品が七歳のトックのものであるとリリィはすぐにわかった。あの子は孤児院にいる仲間たちを描《か》くことが大好きなのだ。絵の具は草や木の実から自作しているほどである。

うちの子どもたちは本当に才能豊かで将来有望だ。

親バカと言われるかもしれないが、リリィは誇らしくなった。

「さあ、続きはやっておくから、他のみんなを食堂に集めてくれる？」

「はーい」

大鍋《おおなべ》についていたトンリとゲミが返事をして出ていくのを見送る。

「リリィ姉はもう少し休んでからでもいいのに。朝からずっと働き詰《づ》めでしょう？」

リリィは壁に掛《か》けてあったエプロンを手早く身に着け、すぐに鍋を掻《か》き混ぜる。残ったミトアが、中央の配膳台《はいぜんだい》に皿を並べながら口を尖《とが》らせた。

「いつものことじゃない、どうしたの？」

「だってものすごい額の借金を一括《いっかつ》で返したんでしょ。それって大変なことだって惣菜屋《そうざいや》のおばさんが言ってたってトンリが話してて……」

「もうトンリもミトアも心配性《しんぱいしょう》ね。私が丈夫《じょうぶ》だって知っているくせに」

呆《あき》れて笑えば、ミトアは物言いたげな顔をして、口を閉じた。孤児院の子どもたちはリリィばかりが頑張《がんば》っていると思うようだが、リリィが働くのは子どもたちがいてくれるからだ。お互《たが》いに支え合っているだけの話である。

感謝を込めてミトアの頭を撫《な》でれば、複雑な顔をした彼女はややあって口を開いた。

「そういえば、リリィ姉。今日、リリィ姉の恋人さんがここにやって来てね」

「え？」

コイビト?

この場で聞くにはあまりに馴染《なじ》みのない単語で、リリィは一瞬固まってしまった。だが、すぐにああ、金で恋人契約したダミュアンのことかと思い至る。

リリィの愛を金で買った、噂《うわさ》どおりの傲慢貴族だ。ふいに過去、孤児院に現れたとんでもない貴族とのいざこざを思い出し、リリィは顔色を悪くした。

「子どもたちは無事だった?」

「恋人さんが何かしたわけではないから大丈夫《だいじょうぶ》。ただみんなパニックになってすごい騒《さわ》ぎになっちゃったの。ちゃんと緊急《きんきゅう》事態六番態勢とったんだけど、まったく機能しなかったわ」

そのときのことを思い出したのか、ミトアは顔を曇《くも》らせてため息をついた。

「みんなが無事ならよかったわ。けれど……ちゃんと昨日、借金のカタにお金持ちの恋人になったって説明したわよね?」

「小さな子たちがその言い方で理解できるわけがないでしょ。そりゃもう恋人さんを悪者扱《あつか》いで。人攫《ひとさら》いが出たみたいに阿鼻叫喚《あびきょうかん》。リリィ姉を返せって泣くわ、喚《わめ》くわ。それで騒ぎを聞き付けた院長先生が、一喝《いっかつ》して」

「え、一年に一回しゃべるかどうかの院長先生が⁉」

それは一大事である。明日きっと彼は寝込むに違《ちが》いない。いや、すでに寝込んでいるかもしれない。だから、戻ってきても姿を見ないのだ。彼はこの時間孤児院の周りを散歩しているはずなのに。

「みんなを慌《あわ》てて部屋に戻したんだけど、傲慢で有名な人なんだよね。物凄《ものすご》く不機嫌な顔してそのまま帰っちゃったからちょっと気になって。リリィ姉の仕事相手ってことは、大事なお客様なんでしょ」

「それ、何時頃《なんじごろ》の話？」

「朝の礼拝の鐘《かね》が鳴る頃《ころ》だから、九時かな」

王都は朝九時と昼の十二時、午後四時に礼拝の鐘が鳴る。

つまりダミュアンは一度孤児院に寄ってから、リリィの工場にやって来たことになる。だから、あれほど不機嫌だったのかもしれない。

孤児院の対応が気に入らなくてリリィを訪ねてきたとか？

よもや、一日で契約破棄《はき》するつもりだったりして。

「大事な金蔓《かねづる》は逃《に》がしちゃダメだっていつもリリィ姉が言ってたじゃない。だから、早くフォローしたほうがいいと思うんだ」

恋人契約には罰則《ばっそく》があるのだ。ダミュアンが飽《あ》きて解約となれば免責《めんせき》だが、こちらの瑕《か》疵《し》で怒《おこ》らせて契約解消に至れば違約金《いやくきん》の支払いが発生する。となるとまた莫大《ばくだい》な金が必要になる。

女の子はとにかくませている。特にミトアはそういった女の勘《かん》がリリィよりも働くのだ。彼女がフォローしたほうがいいと言うのなら、それがいいに違いない。

リリィは手早く夕食を仕上げると、慌ててエプロンを外した。

「ちょっと出てくるね」

「気をつけて行ってきて、契約切られないようにね！」

頼もしい孤児院の子どもたちである。

ミトアの明るい声に送られて、リリィは外へ駆け出した。


公爵邸へとやって来れば、ダミュアンは食事中とのことだった。しかも来客を交《まじ》えた晩《ばん》餐《さん》らしい。そんな席に突然《とつぜん》割り込む恋人というのもどうなんだろうと、取り次ぎは頼まなかった。

一応、一緒《いっしょ》に住むということが条件ではあったので、今日から屋敷に滞在《たいざい》させてもらおう。すると執事のファレスは別室を用意してくれて、夕食はすんだのかと尋ねてきた。

そういえば、何も食べずに慌てて来たのだと思い出した途端《とたん》に、リリィのお腹《なか》が小さく鳴った。

ファレスは心得た様子で、すぐに厨房に指示を出してくれた。

　そうして、リリィの目の前にサラダと鶏《とり》の香草焼《こうそうや》き、温かいスープと柔らかいパンが並べられる。孤児院でも似たような献立《こんだて》ではあったが、上品さはもとより使っている具材も、おいしさも比ぶべくもない。

　リリィはしっかりと完食して、明日もきっちり稼《かせ》ごうと心に決める。

　食事は生きる糧《かて》だ。さらに美味《びみ》ならば言うことはない。子どもたちには、いつかこれに匹敵《ひってき》するおいしいものを食べさせてあげたい。

「ご馳走《ちそう》さまでした」

　執事にお礼を伝えれば、彼は微笑んだ。庶民を見下したような態度は少しもない。

　以前ウラウス伯爵邸《はくしゃくてい》に先触《さきぶ》れもなく行ったときは、使用人一同にずいぶんと白眼視《はくがんし》されたものだ。そして、そんな世界に突然放り込まれたあの子は大丈夫だろうかと心配した。

　かつて孤児院にいたやせっぽっちの子ども。黒髪《くろかみ》で、髪と同じく真っ黒な瞳をした少年を。住む世界も、立場も何もかもが変わってしまった彼を。

　傲慢な貴族嫌《ぎら》いになった原因の元恋人だった少年を――。

　リリィが思考の波に翻弄《ほんろう》されそうになっていると、急に扉が開いた。

「ああ、こんなところにいたのか」

　ぞんざいな態度を隠しもせずにずかずかと部屋に入ってきた見知らぬ男は、ソファに座っていたリリィの前まで来ると、不躾《ぶしつけ》に見下ろした。

貴族なのだろうが、少々雰囲気《ふんいき》が異なる。例えるなら上品な乱暴者とでも言おうか。

「そんなに美人ってわけじゃあないな」

「おい、ソジト」

失礼な発言をした男は、背後《はいご》からやって来たダミュアンに名前を呼ばれて振り返った。

「俺の恋人に無遠慮《ぶえんりょ》に近づくな」

「金で買った、しかも庶民の女だろ。なんでそんなに怒るんだ」

理解できないと言いたげにソジトと呼ばれた男は首を傾《かし》げている。体格がよく、鍛《きた》えられているため騎士《きし》か何かかもしれない。

公爵であるダミュアンと対等に話していることから、身分はそれなりなのだろう。

気安い態度は彼の友人とかか？

確かにリリィは金で買われた恋人で、庶民だ。貴族の友人にちゃんと紹介できる相手ではないだろう。それを理解しているからおずおずと立ち上がって頭を下げる。このまま去ったほうが賢明《けんめい》だと判断したからだ。

だが、ダミュアンはそんなリリィを逃がさないとばかりに抱《だ》きしめた。

「え？」

大きな腕《うで》は逞《たくま》しくて、温かい。

突如《とつじょ》なされた抱擁《ほうよう》に、リリィは慌てた。

かつて恋人と呼ぶ者はいたけれど、それも十三歳までの淡い関係で、生まれて初めて経験する年上の男性のがっしりした筋肉を感じて戸惑《とまど》いしかない。

「ダミュアン、様……？」

「お前は俺のものだ。俺だけ見ていればいい」

傲慢公爵らしい言葉なのに、彼の腕の中はとても優しい。横暴に振る舞いながら、突然男の人になるのは反則ではないか。

驚愕《きょうがく》に目を見開いて固まったリリィの顔をダミュアンの綺麗《きれい》な瞳が覗《のぞ》き込む。星屑《ほしくず》の散った青色は、吸い込まれるほどに美しく穏やかな光に満ちていて、うっかり彼に見惚《みと》れてしまっていた。

ダミュアンはリリィから視線を外すと、ソジトを睨《にら》みつけた。

「本来、騎士というものは婦女子を護《まも》るために存在するはずだ。初対面で一方的な暴言は感心しない」

リリィに向かって吐かれた言葉を、ダミュアンは冷ややかに非難する。

「おい、冗談《じょうだん》だろう、本気で怒るなよ……」

「何より彼女はとても可愛い」

「え、そこか？　あーはいはい、わかったよ……悪かった」

ソジトがダミュアンに向かって謝罪するも、ダミュアンはぴしゃりと撥《は》ね付けた。

「俺に謝っても意味がない」

「お嬢《じょう》さん、確かに失礼な態度だった。許してくれ」

ダミュアンに睨まれて、ソジトは体をくっきり折り曲げリリィに頭を下げた。

リリィはソジトに向き直った。

侮《あなど》られたといっても、彼の発言に間違ったことは一つもない。謝られたところでなんだか居心地《いごこち》が悪くなる。

「いえ、気にしておりません……」

なんと答えれば正解かがわからず苦《くる》し紛《まぎ》れに応じれば、ソジトは顔を上げた。

「じゃあ、許すってことだな。ほら、これでいいだろ？」

ダミュアンはソジトに鷹揚《おうよう》に頷いた。

「しっかし、本当に修道女を金で買ったんだな」

ソジトは心底呆れたようにダミュアンの腕の中にいるリリィをまじまじと見つめた。それを受けてもダミュアンはふんっと鼻を鳴らすだけだ。

「この国の宗教では修道女でも婚姻《こんいん》できる。別に不道徳ではない」

「金で買ったことが問題だろう？」

「欲しいものを買っただけだ」

何が悪いと言いたげなダミュアンに、ソジトは苦笑《くしょう》しただけだった。

「相変わらずズレてんなあ。まあ、お前の様子もわかったし、俺はこのまま帰るぞ。あいつにもちゃんと伝えておくから」

「それはしなくてもいい」

「なんのために来たと思ってるんだ。今度はもう少し時間が取れるといいな」

「ならば先に連絡くらいはしろ」

「わかったわかった。じゃあな」

先ほどまでの険呑《けんのん》さを一瞬で霧散《むさん》させて、にかりと笑うとソジトは片手を上げてさっさと部屋を出ていく。

「お見送りはよろしいのですか？」

「そういう細かいことは気にしない、勝手に帰る」

細かいことだろうか。まあ、友人である彼が言うのだからいいのだろう。

そのまま部屋に残る気配のダミュアンを見やれば、彼は何事もなかったかのように見つめてくる。

「食事はすんだと聞いたが夕食を共にするのも契約だ。明日は絶対に一緒に食べるぞ」

無表情で横柄《おうへい》に告げられた。

恋人と一緒に食事がしたいというのは、よく聞く話だ。ディナーデートということだろう。「はい」と素直《すなお》に返事をしたけれど、その後の「よし」という確認《かくにん》が一方的な割に穏やかな声で、ひどく優しげに聞こえるからいけない。

そうか、明日は絶対に一緒に食べるのか、と。どうしてかリリィの体が熱くなった気がする。

契約したときも、今日の昼間もダミュアンは不機嫌だったはずだ。金で買った恋人などやはりいらないと思われていたらどうしようと焦ってここまで来たはずだった。

——金で買われた恋人って、こんな扱いをされるものなの？

正解がわからなくなったリリィは、とっさに孤児院での一件を尋ねた。

「あの、ダミュアン様。今日は、孤児院の方にも来てくださったんですよね？　あの子たちがご迷惑《めいわく》をかけたようで……」

「え、ああ。いや、特に迷惑ということはなかった……その、驚きはしたが……」

ダミュアンの答えは何やらごにょごにょしていて、後半はよく聞こえなかった。

迷惑ではないときっぱり言ってくれたので、リリィはミトアが大袈裟《おおげさ》だっただけかもしれないと安心する。しかし、後半部分はやはり不満だったのだろうか？　契約に関わる大問題だ。きっちり聞き返さなければ。

「え、驚きはしたが、なんです？」

「んんっ。だから、お前の今日の予定を聞いていなかったから。何時にここに来るのかと思って……」

「まあ、それでわざわざ職場までいらしてくださったんですか？」

別に含むところがあるということでもなかったようだ。

ただリリィの予定を確認するためだけに捜してくれたという。

「孤児院の子が、お前は毎日斡旋所の紹介であちこち飛び回っているから、帰ってくるまで何処にいるかわからないと言うので、そちらにも行って働いている先を聞いて……別に、仕事の邪魔《じゃま》をするつもりはなかったんだが」

「全然邪魔ではありませんでしたよ。会いに来てくださって、私、嬉しかったと言いましたよね？」

上目遣《うわめづか》いでダミュアンを見やれば、彼はやはり不機嫌そうに眉間《みけん》に皺《しわ》を寄せた。

「怒りました？」

なぜ、そんな表情になるのかわからずに、リリィは思わず尋ねた。

「いや、怒ってはいない」

「ならどうしてそんなにむすっとされているのです？」

よくわからずに、リリィはダミュアンの眉間の皺をつついた。

「凄いくっきりですけど？」

「これは……っ」

ダミュアンは両手を眉間に当てて隠してしまった。あまりの慌てように、むしろリリィのほうが驚いた。

「これは、なんです？」

「そんなに俺は不機嫌そうに見えるのか……？」

どこか怯えたように聞く彼に、頷くべきかリリィは判断がつきかねた。

正直に告げたら、逃げ出してしまいそうな危《あや》うさがある。

リリィは金で買われた恋人であり、愛を捧げる側なのだ。ダミュアンはどんと構えて受け取るだけでいいのに、なんだか思い描《えが》いていた恋人像とは違うようで……。

「見えるような……見えないような……」

「どっちなんだ」

また機嫌が悪くなってしまった。

しかし、孤児院を訪《おとず》れた際の子どもたちの対応に気を悪くしたわけではないのなら、リリィにとっては目先の問題がなくなった。契約破棄ではないようで一安心である。

仕事に私情を挟《はさ》まないのは鉄則だ。リリィはこれからの業務が円滑《えんかつ》に回るよう質《ただ》してみた。

「そういえば、ダミュアン様はどういう恋人が理想とかありますか？　恋人とこんなことがしてみたいとかでもいいですけど」

「特にはないな」

特にはないだと？

リリィはうーんと呻《うめ》いた。お金を払《はら》ってまで恋人からの愛を得たいのに、恋人にしてほしいことがないとはどういう意味だろうか。

「契約には関係ないことだ」

「なるほど、そうですね」

雇《やと》い主《ぬし》が理想にこだわらないと言うのならば、リリィが思う愛を捧げるだけだ。

「今日はもう遅《おそ》いですね。では、おやすみなさい、ダミュアン様」

就寝《しゅうしん》時間が来たので、リリィはダミュアンの服の袖《そで》を引いた。不思議そうに身を屈《かが》めたダミュアンの整った額に口を寄せる。柔らかなリップ音が静かな部屋に落ちた。

リリィが世間で仕入れた恋人にされたいことリストの一つである。これはセイガルドの妄想《もうそう》とは別件だ。

けれど、唇《くちびる》を離せば少しだけ自身の体が震えていることに気づいた。先ほどの熱がまだこもっている。

「あ、ああ」と、ダミュアンは戸惑ったように、呻いた。

すぐにまた仏頂面に戻ってしまったが、リリィはむしろ不機嫌なダミュアンのほうが落ち着くなと思った。それ以外のダミュアンだと少し鼓動《こどう》が速くなる。そんなことを伝えれば、彼がますます混乱しそうだったので、ひっそりと思うだけに留《とど》めた。

ちなみに、リリィの朝は朝日と共に始まるのでもうだいぶ眠《ねむ》たい。だから体温も高くなってしまったに違いない。風呂《ふろ》に入れば、あっという間に寝落ちしてしまいそうだ。

微睡《まどろ》みかけたふわふわした笑顔でダミュアンを見送ったので、彼が苦虫《にがむし》を噛《か》み潰《つぶ》したかのような渋面のまま、耳だけ赤くしていたことには、最後まで気づかなかったのだった。

次の日は、夜明け前に目覚めて、孤児院へと向かった。

到着《とうちゃく》すればミトアによって、朝から隊が分けられていた。既《すで》に日は昇《のぼ》りはじめて明るくなってきていたので、ありがたい。

「おはよう、ミトア」

「おはよう。そしてお帰りなさい。ゲミ、後はよろしく」

ミトアと話していたゲミは網《あみ》を片手に持っていた。短く返事をして、彼は数人の子どもを引き連れ孤児院を出ていく。

その背中を見送りながら、リリィは大きくなったものだなぁとしみじみ思う。

「わざわざ朝早くに戻ってこなくても大丈夫よ？」

「皆《みな》がすごくしっかりしていることに感動したわ！」

瞳を潤《うる》ませて告げれば、ミトアが少し照れながらはにかむ。

「リリィ姉だって、私の歳には働きに出てたんだからこのくらい……」

うちの子たちは本当に可愛い。すれてないし、まっすぐだ。昔の孤児院の惨状《さんじょう》からは考えられない。本当にあの女暴力監督官を追い出して良かったとリリィは思う。体罰では何も解決できないという証《あかし》でもある。

ミトアのサラサラの髪を撫でれば、彼女が視線だけ動かして見上げてくる。リリィが疲《つか》れていないか確かめているようだ。きちんと気遣《きづか》えるのも、美点である。

「別に無理しているわけではないし、睡眠《すいみん》時間はきっちりと確保しているわよ。公爵様って朝はすごく弱いみたいなの。だから、日が昇る前から起こすのはやめようかと思って。その時間はこっちに来ることにしたのよ」

「そうなの？」

「物凄く不機嫌そうに唸《うな》って、眉間の皺をめちゃくちゃ深くするの。そんな彼を起こすのはちょっと面白《おもしろ》かったけれど、叱《しか》られるかもしれないから。執事さんにも確認したら、そのほうがいいと思うって。ずっとおろおろしていたから、心配してくれていたみたいね」

昨日押しかけた後に、執事に念のため確認して、未明に起こすのはやめたほうがいいと助言をもらったのだ。

様子を語りながらダミュアンの顔つきを真似《まね》すれば、ミトアがクスクスと笑いだす。

「リリィ姉、すごい顔よ。本当にそんななの？」

「ええ？　たぶんうまく再現できてると思うんだけど」

「うん、そういうことにしておくから。そろそろ他の子どもたちを起こして着替《きが》えさせなくちゃ。じゃあリリィ姉は朝食担当でいい？」

「はーい、さあ今日も一日働きますか」

気合を入れれば、ミトアが「おーっ」と元気に返事をしたのだった。


一方のフィッシャール公爵邸では、寝室《しんしつ》の扉の前で執事のファレスが途方《とほう》に暮れていた。その横には秘書のデイベックもいる。先ほどからデイベックが雇い主に声をかけるものの、不機嫌な唸り声が中から聞こえるだけだ。ずっとこの状態が続いている。

「病気ですか？　どこか苦しいなら、医者を呼んでもらいますが」

「いえ、スキア様。それが、ですね……病気ではなさそうなのです」

部屋に向かって声をかけ続けるデイベックにファレスがおろおろと告げた。

「病気でないなら、突然どうしたんです？　なぜ部屋から出てこないのでしょう」

ファレスの記憶《きおく》にある限り、ダミュアンという男は仕事人間だ。中毒と言ってもいい。だというのに、昨日は事務所に来なかったと秘書から聞いて驚いたものだ。

デイベックが、事務所で仕事を片付けながら一人、ぼんやりと沈《しず》んでいく太陽を見て一日の終わりを迎《むか》えたのは初めてだった、と苦笑交《ま》じりに話したときにはなんと答えていいのかわからなかった。

正確に言えば、信じられなかった。

だから、こうして朝早くから公爵家にやって来たデイベックに、主《あるじ》は病気ではないはずだと告げるしかなかった。だが、部屋の前に二人で来てもダミュアンは起きてこない。

これは、異常事態である。

「昨日何があったのか、詳《くわ》しくお聞きしても？」

デイベックが笑顔を向けてきたが、ファレスはなんと答えるべきか迷うのだった。

フィッシャール公爵家というのは、ダミュアンの代で叙《じょ》された一代限りで、名ばかりだ。そんな家の執事をファレスが務めるようになったのは、王城で侍従長《じじゅうちょう》をしていた頃のことだ。まだ少年と言えるほどの年齢《ねんれい》のダミュアンが城を追い出されると聞いて、お供しますと、すぐに申し出たことが始まりである。

ダミュアンはその特異な出自のせいで、城にいる誰《だれ》からもいない者として扱われていた。王妃《おうひ》の悋気《りんき》の手前あからさまには構えないと、王が息子と距離を置いていたのもその理由の一つだろう。美しい容姿と相まって、孤独《こどく》な王子という印象が強い。

けれど、幼少期から態度はなぜか尊大で。無口ではあるが、存在感は圧倒的《あっとうてき》だった。

そこにいるだけで、場が華やぐ容姿。黙《だま》って立っていても自然と衆目《しゅうもく》を集めるたたずまいは、ある意味、王者の風格ともいえたのかもしれない。

それが王太子を生んだ王妃のさらなる不興《ふきょう》を買った。王太子自身も弟を可愛がるというよりは煙《けむ》たく思っていたようだ。

物心つく前からすでに数々の嫌《いや》がらせを受けていたし、命を狙《ねら》われることもしばしばだった。けれど、ダミュアンは何も頓着《とんちゃく》することなく、それなりに反撃《はんげき》をしながらやり過ごしていた。

いつの間にか彼の周りに友人と呼べるような存在がいたのも大きい。

このダミュアンの友人というのが、かなりの実力者であったからだ。

一人はソジトレア・チップタール。侯爵家《こうしゃくけ》次男で、現第一騎士団長を父に持つ。荒々《あらあら》しい気性《きしょう》ではあるが、豪快《ごうかい》で度量《どりょう》が広い。幼い頃から体格に恵《めぐ》まれ、剣技《けんぎ》も突出《とっしゅつ》していた。体術も得意で、とにかく戦闘《せんとう》向《む》きなのだ。

当時、王妃の嫌がらせをほとんど撃退《げきたい》できたのは、彼の力量によるところが大きい。二十三歳という若さで金剛級《こんごうきゅう》の騎士の称号《しょうごう》を得た。現在は第二騎士団長を務めるほどだ。

そしてもう一人は、エイレンベール公爵家の姫君《ひめぎみ》カプラシルである。

長年宰相《さいしょう》として辣腕《らつわん》を振るった、前国王の弟を父に持つ、この国において最も高貴とされる姫君だ。ダミュアンとカプラシルは従姉弟《いとこ》同士に当たる。カプラシルとダミュアンの親交が深まるほどに、少なからぬ貴族がダミュアンの後《うし》ろ盾《だて》についた。城を二分する派閥《はばつ》争いが起きたほどだ。

王太子は能力的には問題ないが、とにかく華がない。ダミュアンと比べるとどうしても見劣《みおと》りしてしまう。だが、そんな跡目《あとめ》争いも王が静観していたため、ほとんど表面化はしなかった。

けれどそれも、国王崩御《ほうぎょ》で一気に形勢が王太子に流れた。

もともと後継者《こうけいしゃ》指名を受けていたこともあるが、カプラシルが王太子の妃《きさき》になったことが決め手になった。

それは突然の発表で、どのようなやりとりが裏であったのかは当時侍従長であったファレスですら知るところではない。ただ城ではまことしやかに、ダミュアンの恋人を王太子が無理やり権力で奪《うば》ったのだと囁かれていた。

恋人を失い、爵位《しゃくい》だけは与《あた》えられたものの無一文で城からも追い出される。そんなダミュアンを、ファレスは放っておくことなどできなかった。

幼い頃から一人で凛《りん》と立つ姿を見てきたのだから。少しでも力になりたいと思わせるような不思議な魅力《みりょく》がダミュアンにはあった。

だからまだ十三歳という幼い少年を主として、執事という役職を請《こ》うたのだった。

カプラシルとのことは、淡《あわ》い恋でも主にとっては初恋だ。

痛ましいけれど、それも一つの人生経験――と、これまでは思っていたが。

ある日、城に呼び出されて戻ってきたあと、唐突《とうとつ》に愛を買うと宣言した日から主はおかしくなってしまった。

いや、最初は普段どおりの傍若無人《ぼうじゃくぶじん》な主だった。無表情で、何を考えているのか少しもわからない。また、変わったことを言い出したなという印象しかなかった。

止めたところで聞く耳を持つ主ではないし、忠告なども受け入れることはない。なまじ、自身の裁量で大金持ちに成り上がったので、己《おのれ》に自信があるのだ。

だが、彼が愛を金で買う――目をつけたその相手が『慈愛の修道女』と名高い少女であると聞いたときは、なんとも不憫《ふびん》なことだと彼女に同情した。

赤貧《せきひん》の孤児院で子どもたちを抱《かか》えて来る日も来る日も働くという、それほど高潔な精神を持つ上に修道女だ。そんな彼女が金持ちの道楽に付き合わされて、一番愛らしい乙女《おとめ》としての時期を散らしてしまうのかと思ったのだ。

実際、早朝に主を起こすため、少女は慈愛に満ちた笑顔を浮かべて折り目正しくやって来た。

確かに主からは少女と恋人契約を交《か》わした、と聞いてはいたが、こんな早朝――と言うよりは未明、ほとんど日の出前――に屋敷に現れるとは思わなかったのだ。聞けば、子どもたちの朝食のためにはこのような時間から動き出さなければ間に合わないらしい。なんとも健気なことである。

彼女はファレスの同情には気づいた様子もなく主の居場所を尋ねてきたので、寝室だと伝えると案内してほしいとお願いされた。

朝の弱い主は、寝起《ねお》きが悪い。それはもうすこぶる悪い。朝早くに起こされるのをとても嫌う。だから、この家の者たちは朝の支度《したく》を、極力音を立てずに行うのだ。

ファレスがそう説明して止めても、少女は困ったように微笑んで動かない。仕方なく希望を叶《かな》え案内すれば、彼女はおもむろに扉を開けて、主の寝台《しんだい》まで近づいていった。屋敷の者が見たら恐れおののく光景だろう。

生憎《あいにく》とそこで扉が自然に閉じてしまったので、中で何をしているのか窺《うかが》い知ることはできず。

しかしすぐに、少女は入ったときとは別人のような潑溂《はつらつ》とした笑顔で出てきた。唸り声が聞こえたのでおそらく主には怒られただろうに、少しも気にした素振りもなく、なぜかやり遂《と》げた達成感に満《み》ち溢《あふ》れている。

ファレスが理解できず戸惑っている間に、少女のほうが先にぺこりと頭を下げた。

「朝のお勤め、無事に完了いたしました。ファレス様のおかげですわ、ありがとうございました。今日は他に予定がありますので、こちらに来るのは夜になると思います。それでは失礼しますね」

「は、はあ……行ってらっしゃいませ」

見送ることが精一杯《せいいっぱい》だった。今から考えると執事としては失格だったかもしれない。

だが、すぐにダミュアンが慌てた様子で寝室から飛び出してきて、それどころではなくなってしまった。

「か、彼女は……?」

「リリィ様ですか? でしたら、先ほどお仕事に向かわれました。お戻りになるのは夜になるとのことでしたが」

「本当に、いた……そうか。夢じゃなかったのか……」

目の前の主をファレスはまじまじと眺めてしまった。茫然としたようなダミュアンの顔は、どこまでも真っ赤だったのだから。

第三章 過去との再会

朝一番に仕事斡旋所《あっせんじょ》に駆《か》け込めたので、リリィは得意の機織《はたお》りの仕事を手に入れることができた。

顔馴染《かおなじ》みの機織所だったので、紹介状《しょうかいじょう》を持っていくだけで所長からは大歓迎《だいかんげい》された。

指示されたとおりに一心不乱に作業を続けていると、昼前になって何故《なぜ》か真っ青な顔をした所長がリリィの元に転げるようにやって来た。

「所長さん、どうかしました？」

「ええとな、リリィに、面会が……」

流れが、昨日とまったく同じである。

どういうことだ？　またダミュアンがやって来たのだろうか。

本当に、仕事はどうした。忙《いそが》しいのではなかったのか。連日、こうして日中に現れるとは実は暇《ひま》なのだろうか。

リリィは機織りの手を止めて、所長の横をすり抜け、出入り口に向かう。

そこにはにこやかに片手を挙《あ》げている秘書のデイベックの姿があった。

ダミュアンではなかったが、彼も彼とて暇なのだろうか。

「こんにちは、何かありましたか？」

「こんにちは、リリィ様。お仕事中に手を止めてしまって申し訳ありません」

慇懃《いんぎん》に頭を下げられたが、リリィとしてはこんな時間にデイベックがリリィの元にわざわざやって来るのは只事《ただごと》ではないからだろう。

「いえ、お気になさらず。それで、今日はどうされたのですか？」

「少々、確認《かくにん》したいことがありまして。昨日、ダミュアン様に毎朝起こしに来るとか、そういう約束をされましたか？」

デイベックの問いに、リリィは首を傾《かし》げた。

「毎朝起こす、ですか……いえ、昨日の朝は起こしはしましたが、公爵《こうしゃく》様が二度寝《にどね》されたので、まともな会話はしておりません。執事《しつじ》様に朝が弱いと伺《うかが》ったので、これからは控《ひか》えることにいたしました」

「それか……」

デイベックはなぜか悲愴《ひそう》な顔をして、空を仰《あお》いだ。

「どうしました？」

「いえ、こちらの問題です。申し訳ありません、失礼しました」

デイベックは真っ青な顔をして、お辞儀《じぎ》をするとふらりと通りへ去っていこうとする。

　リリィは慌《あわ》てて呼び止めた。

「デイベックさん、大丈夫《だいじょうぶ》ですか？」

　このまま帰してしまってよいのだろうか。リリィは心配になった。

「大丈夫です……本当にお気になさらず。ああ、そうだ。今日は屋敷《やしき》に戻《もど》って来られるのはいつ頃《ごろ》になりますか」

「昨日よりは多少遅《おそ》くなると思います。でも夕食をご一緒《いっしょ》する約束をしたので、それまでには間に合うように参ります」

　昨日は孤児院《こじいん》の夕飯を作り終えたら、すぐに公爵邸に向かってしまった。

　今日はきっちりと配膳《はいぜん》して一日の報告を聞いてからでないと、明日の仕事の割り振りに差《さ》し支《つか》えが出てしまう。

　ただ、ダミュアンと夕食を共にするという契約《けいやく》を破るわけにもいかない。

　リリィほどではなくとも多忙《たぼう》のダミュアンからのご所望《しょもう》なのだから、彼も都合をつけているはずである。

「そうでしたか。では、お待ちしておりますね。なるべく早くお戻りいただければ助かります！　お仕事のお邪魔《じゃま》をしてしまいすみませんでした、失礼します」

　デイベックは表情を明るくすると何度も会釈《えしゃく》をして、通りの雑踏《ざっとう》に紛《まぎ》れた。

離《はな》れた場所には馬車が見えたので、待機させていたのだろう。

ダミュアンは工場の前に乗りつけてきたのに、と二人の性格が表れているようでおかしくなった。

リリィは一つ伸《の》びをすると、青い空を見上げてうんと頷《うなず》く。

今日もよく晴れた春の空だ。

ダミュアンもこの空を見上げているだろうか、とふと考えて、所内に戻るのだった。

——まさか、ダミュアンが寝室《しんしつ》から一歩も外に出てこないだなんて、想像もせずに。

機織りの作業を終え、孤児院に帰って夕食を調《ととの》え一日の報告を簡単に聞いて種々の指示を出し、リリィは公爵邸へと戻ってきた。ダミュアンの仕事は忙しく、夕食はいつも遅い時間に設定されているという。そこに間に合うように急いだつもりだった。

「どういうことだ?」

到着《とうちゃく》早々屋敷の食堂に案内してもらったリリィは、不機嫌《ふきげん》そうに席に着いているダミュアンを見やって首を傾げた。

ちなみに、公爵家の晩餐《ばんさん》に相応《ふさわ》しいドレスなど持っていないので、今日もくたびれた修道服のままである。

「すみません、お待たせしましたか？」

不思議に思いながら尋《たず》ねれば、ダミュアンに座るように促《うなが》された。

お腹《なか》がへって不機嫌になる子どもは多い。彼もそうなのだろうか。

ひとまず、リリィに食事をさせてくれる気はあるようだ。

もしかしたら、彼が早く食べたいだけかもしれない。

やや広めのテーブルは綺麗《きれい》に飾《かざ》り付けられており、恋人《こいびと》たちのディナーデートを素敵《すてき》に演出してくれている。けれど、そんな空気をまるっと無視して仏頂面《ぶっちょうづら》で座しているのが、ダミュアンである。

「いや、待ってはいない。……なんだ？」

リリィは座らずに、ダミュアンの傍《そば》まで歩いていくと、身を屈《かが》めた。

「ただいま戻りました、ダミュアン様」

ちゅっとリップ音をたてて、ダミュアンのこめかみに口づけを落とす。

給仕《きゅうじ》のために控《ひか》えていた執事のファレスがぎょっとした顔をしていたが、リリィだって実は心臓がどきどきしている。

これは――ずいぶん上級者向けなのでは？

眠《ねむ》っているダミュアンにならなんとかこなせる作業も、意識のある相手にするのは勇気が必要だった。セイガルドは年上の恋人に甘やかされたいと望んでいたから仕方なくやってみたのだが、そもそもダミュアンより年下のリリィでは効果はないと思う。

赤くなった顔を見られまいと必死に平静さを装《よそお》い、用意されていた席に向かう。リリィの動きを察したファレスが慌てて椅子《いす》を引いてくれたので、すとんと落ち着いた。

「それで何が、どういうことだ、なのですか？」

「だ、……っあ、いや、な……ん」

羞恥《しゅうち》を振り切り勢い込んで顔を上げれば、食堂に入ってきたとき以上の渋面《じゅうめん》になって、言葉にならない言葉を呻《うめ》いているダミュアンがいた。

「はい？」

相手が自分以上に感情的になっていると、こちらは冷静になるものである。

「だから！」

「お腹がすいたので、食事をしながらでもよろしいですか？」

「ん、ああ？　そうだな、食べてくれ」

ダミュアンは呻いていなければ普通《ふつう》に話せるのだなと知る。ファレスに給仕を頼《たの》むときには無表情で、棘《とげ》もない。しかし、ひどく不機嫌になると、言葉によく詰《つ》まる。

どうしたら、恋人同士らしい会話になるのかリリィなりに一応考えてきたものの、そのきっかけには悩《なや》む。こうして、自分なりにそれらしい行動をしていても何が正解かわからないのだから。

だが意識はすぐに、目の前に運ばれた前菜に変わる。

リリィは並べられた料理をひたすら口に運ぶだけだ。

一日中動いていたので、お腹がペコペコだったのである。

「んー、おいしいですね。ダミュアン様」

「あ、ああ」

「ダミュアン様と二人で食べているから、ますますおいしいです」

「……そ、そうか。光栄に思え！」

上擦《うわず》った声に喜色を感じて、リリィは改めて話を振ることにした。

「ありがとうございます。それで、先ほどはどうして怒《おこ》っておられたんです？」

「怒っていない」

「そうですか。では、何をお聞きになりたかったんですか？」

完全に顔は怒っていたと思うが、ダミュアンは昨日もそれを否定していたと思い出して、
リリィは軽く聞き流した。

「朝、起こしに来なかっただろう」

「朝ですか？　ダミュアン様が朝に弱いとお聞きしたので、迷惑《めいわく》ならやめようかな、と」

「待っていたんだぞ！」

「んん？　え、なんですって？」

思わず素で聞き返せば、ダミュアンは無言で睨《にら》みつけてきた。

それ以上、口を開く気はないらしい。困ってファレスに視線を向ければ、首を横に振られた。

どういうこと？

リリィは食事の手を止めたまま、考え込んだ。そして、はっとする。

わかった。いや、ダミュアンが何を怒っているのかはよくわからないけれど、これはリリィが謝らなければならないことだとわかったのだ。

雇《やと》い主《ぬし》の機嫌《きげん》を損《そこ》ねるわけにはいかない。

「すみません、ダミュアン様。気を遣《つか》ったつもりでした。明日は起こしに行けばよろしいですか？」

「それでは、俺が催促《さいそく》しているみたいだ」

間違《まちが》っていないのでは？　明らかに催促してますよね？

けれど、ここで頷いたら絶対に拗《す》ねる案件だと察することはできた。

相手は年上で、いい大人のはずだけれど、まるで子どものようだ。

ならばと言い方を変えてみる。必殺手のひら返しである。機嫌の悪い孤児院の子どもたちを宥《なだ》めるときにもよく使う手法だ。

「私が、ダミュアン様を起こしたいんです。駄目《だめ》ですか？」

「す、好きにしろ」

彼の許可は得られた。しかし、リリィが朝起こすとなると、どうしても日の出前のあの時間になってしまう。

朝の弱いダミュアンが起きられるわけがない。

あとで執事からそのあたりの匙加減《さじかげん》を聞いておこうと決心する。

そうして、次々運ばれてくる夕食を堪能《たんのう》するのだった。


食事が終わって自室へと引き上げることになったが、すでに寝《ね》る時間だ。ダミュアンが食堂から部屋まで送ってくれたので、扉《とびら》の前でリリィは恋人らしくダミュアンを甘やかしてみることにした。

「ダミュアン様、少し屈んでもらっていいですか」

「なぜだ」

不機嫌そうに眉《まゆ》を寄せつつも、彼はずいっと頭を差し出して来たので、リリィは彼の形の良《い》いそれを優《やさ》しく撫《な》でた。

「おやすみなさい、ダミュアン様。これ、良く眠れるためのおまじないなんですよ？」

子どもたちはこうすると一瞬《いっしゅん》で寝てくれたものだ。だからこの行為《こうい》は間違っていない。そう自信を込《こ》めて、部屋へ入ろうとすると、ぱしりと腕《うで》を摑《つか》まれた。

「待て。お、お前は誰《だれ》にでもこ、こんなことをするのかっ⁉」

「誰にでも……？　するわけないじゃないですか、特別ですよ。でもご不快なら申し訳ありませんでした」

孤児院の子どもたちにはしていたが、誰にでもというわけではない。だが無遠慮《ぶえんりょ》に頭を撫でたことが気に入らなかったのだろうか。焦《あせ》ったようなダミュアンの詰問《きつもん》口調にリリィは慌てて謝罪した。

「いや、特別……そ、そうか、ならいい……」

ダミュアンはなぜか耳を赤くしながら、ふらふらとした足取りで自室へと戻っていく。あまりに危なっかしい様子の彼を見送ってから、リリィは相談事を思い出し、そのままファレスを捜しに行く。食堂に顔を出せば、まだ片付けをしていた彼と丁度会うことができた。

「すみません、ちょっとお話を伺ってもよろしいですか」

「リリィ様、どうされました」

ファレスは嫌《いや》な顔をせず、リリィを快く迎えてくれた。

「公爵様は今日一日、どのように過ごされていたんでしょう」

「……その、リリィ様が起こしに来てくださるのを……寝室で待っておられました」

「一日中？　ずっと？」

「いえ、スキア様――秘書の方がリリィ様から伝言を預かってきたとお昼頃に戻ってこられまして、それ以降は夕食の時間までお仕事をされてましたから、正しくは半日ほどになりますでしょうか……」

半日も？　むしろ一日中ではなかったことに安堵《あんど》するべきなのだろうか。

しかし、半日もゆっくりできるダミュアンの金持ちぶりを目の当《ま》たり《あ》にして、リリィは言葉を失う。いや、その前に伝言とはなんのことだろうか。

デイベックに何か言伝《ことづ》けた覚えはないのだが。

リリィの思案顔に気づいて、ファレスが教えてくれる。

「『ご一緒させていただく夕食を今から楽しみにしていますので、お仕事頑張《がんば》ってください』、との伝言をリリィ様から預かったと聞いておりますが」

「…………」

そんなことは一言も言っていない。

リリィの表情からファレスも悟《さと》ったのだろう。苦笑《くしょう》じみた息を吐《は》いた。

「ですがそれで部屋から出てきてくださったので、助かりました。スキア様もなんとか仕事に取りかかれて安心したとおっしゃっていましたよ」

「ええーっと……何もしていませんが、何かのお役に立ったのであれば、良かったです。ところで、明日はダミュアン様を明け方に起こしてしまってよろしいのでしょうか。朝、弱いんですよね？　起こされるのが嫌《きら》いだと聞いたと思ったのですが」

それを教えてくれたのもファレスであったはずだが、本当に大丈夫なのだろうか。

「お望みですから。リリィ様に起こされて、よほど感激されたのではないでしょうか」

朝の弱い人間は起こされて嬉《うれ》しいものなのかと、リリィは半信半疑だ。

寝ていられるなら、いつまでも寝ていたいものなのでは？

「ダミュアン様は今まで誰かに起こされたことがないのです。いつも絶対に起こすなと命じておられましたから。ですから初めての経験で喜ばれたのでしょう」

命令を無視すると喜ばれるということだろうか。そんな傍若無人《ぼうじゃくぶじん》は絶対にできないけれど。リリィは今後の恋人らしい振る舞《ふま》いに、軽い絶望を覚える。

「大丈夫ですよ。リリィ様のなさることなら、主にとってなんでも嬉しいのは間違いありません」

契約恋人ってすごいな、とリリィはよくわからない感動を覚える。

そんなリリィの胸の内を知らず、ファレスは柔和《にゅうわ》な顔をさらに優しげに綻《ほころ》ばせた。

結局、日の出前の時間にリリィはダミュアンの寝室にやって来て、寝ている彼に声をかけることにした。

夜が明け切る前で薄暗《うすぐら》かったが、目が慣れてくると物の輪郭《りんかく》くらいはわかる。

広い寝室の真ん中に、大きな寝台《しんだい》が置かれていた。

ダミュアンは、その広い寝台の端《はし》っこで丸まって眠っている。

この前も同じだったので、いつもそうなのだろう。きっと彼は寝相《ねぞう》が悪いのだ。

リリィは孤児院での子どもたちの様々な寝姿《ねすがた》を思い出していた。子どもたちは枕《まくら》の位置とは反対になっていたり、今にも駆け出しそうに手足を曲げていたり、挙げ句の果てにはまるで土下座をしているかのように丸まっていたりするので、ダミュアンの寝相は存外まともなほうだ。

それよりも、今はダミュアンを起こさなければならない使命が重要である。

彼はきっと不機嫌そうに顔を顰《しか》めて、「なんだ」とかなり重低音で嫌がるに違《ちが》いない。

初日に言われたときと同じように。

「おはようございます、ダミュアン様」

そう思っていたのに、傍《そば》で声をかけた瞬間《しゅんかん》なぜか腕が伸びてきて、リリィの後頭部を引き寄せた。そのまま、眠たげな声と共に額に唇《くちびる》を寄せられる。

「リリィ……」

髪《かみ》を優しく撫でていくその手のあまりの心地《ここち》よさに、思わずうっとりしてしまった。

密《ひそ》かに息を漏《も》らして、はっとする。今、何かに思考を持っていかれていた。

動きが止まったので、頭を起こしてしげしげとダミュアンを見やれば、いつもの仏頂面ではなく健《すこ》やかな寝顔だ。

まさか、寝ぼけてあんなことを？　顔の前で手を振り、相手が起きていないと確認してから、リリィは小さく呻いた。

誰かと間違えたとか？

だが呼ばれたのは自分の名前だ。……これは考えても仕方のないものだと割り切る。

よくわからないけれど、とりあえず今日の使命を果たそうと改めて身を屈めた。

艶々《つやつや》の髪に口づけて、リリィは囁《ささや》く。

「……い、愛《いと》しい寝坊助《ねぼすけ》さん、ゆっくり寝ていてください。行ってきます」

なぜか一昨日よりも緊張《きんちょう》しているようだ。おかしい、眠っているダミュアンには平気だったはずなのに。

リリィは熱のこもった頰《ほお》をさすって、屈んでいた体を起こした。とにかくこれで朝を告げる可愛《かわい》い恋人役はやり遂《と》げた。

リリィはよしっと気合を入れると、扉をそっと開いて廊下《ろうか》に出る。外に控えていたファレスは、ご苦労様でした、とばかりににっこりと微笑んだのだった。

朝一番に仕事斡旋所に駆け込めたので、リリィは得意の塩作りの仕事を手に入れることができた。

顔馴染みの製塩所だったので、紹介状を持っていくだけで現場監督には大歓迎された。

指示されたとおりに一心不乱に海水を鋤《すき》で広げるようにして天日に晒《さら》す作業を続けていると、昼前になってなぜか真っ青な顔をした監督がリリィの元に転げるようにやって来た。

またか？　今度はなんだと思えば、彼の後ろにトンリがいる。

今日は孤児院の居残り組になっていたはずだったが、何かあったのだろうか。

「リリィ姉《ねえ》、助けて……」

「孤児院が大変なことになってるらしいぞ！」

真っ青なトンリに被《かぶ》せるように監督のだみ声が重なった。

今度こそ孤児院である。しかも監督まで慌てるほどの。

孤児院が大変なこととはなんだ？

リリィの頭は真っ白になった。

「みんな、大丈夫!?」

慌てて孤児院へと戻れば、きらびやかなドレスを纏《まと》った令嬢《れいじょう》たちの一団が折れそうな木の陰で休んでいた。多額の借金が発覚したときに、唯一《ゆいいつ》残ると言われたあの古木《こぼく》である。その前にはミトアがいて、下の子どもたち数人を抱《かか》えている。一人は叩《たた》かれたのか、口の端《は》から血を流していた。

カッとリリィの頭に血がのぼった。

「ジェチャ、その怪我《けが》……」

本気で怒ったときほど、平坦《へいたん》な声になるものだ。

怒《いか》りを抑《おさ》え込んでいることが子どもたちには伝わったのか、ジェチャがにやりと笑う。

「リリィ姉、平気だよ。たいしたことじゃない」

「泣き出したキリがうるさいと叱《しか》られて、扇《おうぎ》で打たれそうになっていたところを、代わりにジェチャが……」

十一歳のジェチャが口元を乱暴に腕で拭《ぬぐ》えば、ミトアがすかさず説明した。ミトアの腕の中では五歳のキリがまだ洟《はな》をすすっている。

「家族を守るなんて本当に偉《えら》いわ、ジェチャ。でも自分のことも大事にしてちょうだい。貴方《あなた》が傷つくなんてとても辛《つら》くて悲しいわ」

優しく頭を撫でれば、彼は少しだけ得意そうに鼻を擦《こす》った。小さく頷いた彼の瞳《ひとみ》は闘志《とうし》に燃えている。子どもたちに、家族を守るのは当然のことだと告げていた。実際に、彼らはリリィの願いを叶《かな》えてくれている。

本当になんて素敵な子どもたちだろう。

ちなみにトンリはリリィの代わりに塩作りの現場に残って、作業を引《ひ》き継《つ》いでくれた。

おかげで心置きなく、孤児院に駆けつけられたというわけだ。

「それで、私どもにどのようなご用件でしょうか？」

孤児院に見慣れぬ貴族のお嬢様《じょうさま》たちの一団がやって来たと聞いてきたが、心当たりは一つだ。瞳に軽蔑《けいべつ》を込めて見つめれば、先頭にいた令嬢が綺麗な顔を歪《ゆが》めて笑う。

「やっと話がわかる方が来たのね。こちらにリリィという方がいらっしゃると聞いたのだけれど」

「私ですが」

「ええ？　貴女《あなた》がリリィさん？」

ジロジロと不躾《ぶしつけ》な視線を向けられても、リリィはすっと背筋を伸ばして立っていた。

格好は粗末《そまつ》な修道女のなりだけれど、気概《きがい》は人一倍ある。

「公爵様のお相手は、とても庶民《しょみん》に務まるものではないわ。それもこんな、ねぇ？」

口を開いた令嬢は、後ろに控えていた仲間たちに意味深な流し目を送る。はっきりと言われなくても悪意は十分だ。

だが、リリィは思わずポカンとしてしまった。

「え、公爵様、ですか？」

心当たりは一つだけだと思っていたが、リリィの想像とは違っていたらしい。そういえばダミュアンもお貴族様である。

「あー、なるほど……」

目の前のお嬢様たちは完全に、標的を見誤っている。

ダミュアンを落としたいなら、リリィを排除《はいじょ》するのではなく、金を積めばいい。

金だけは信用しているのだから、彼が納得《なっとく》する額を提示して夫になってもらえばいいだろう。まあ、相手は国一番のお金持ちなので、それができるのは同等以上の富を持つどこかのお姫様《ひめさま》とかくらいかもしれないが。

「貴女、修道女でしょう。釣《つ》り合わないし戒律《かいりつ》に反しているのに、恥《は》ずかしくはないのかしら。お金持ちにすり寄って慈悲《じひ》を乞《こ》うなんて、神様にも顔向けできないでしょう？」

「もちろん、弁《わきま》えております。私は、公爵様にお金で買われた身ですから」

この国では修道女の結婚《けっこん》を禁じてはいない。もちろん、貞節《ていせつ》は重んじられるが真実の愛を誓《ちか》えば問題ないとされている。

彼女は単純にリリィがみすぼらしいとか、華《はな》やかさに欠けるとか、貧相《ひんそう》だとでも言いたいのかもしれない。確かに王子様のように華やかなダミュアンと釣り合っていないのはわかっている。というか、そもそも釣り合うつもりもないし、その必要もないのだ。

金を出してそんなリリィを買ったのは、当のダミュアンなのだから。

貧相なのはたくさん食べさせて太らせればなんとかなるけれど、ダミュアンはこれまでリリィにそういった見た目については何も求めてこなかった。

だから、リリィは契約違反《けいやくいはん》にならない限りは今の生活や格好を変えるつもりはないのである。

「ま、はしたない。金で買われたなどと、下品な言葉だわ」

リリィは伏《ふ》し目《め》がちに、先頭の令嬢を見やった。

「本当のことですから。文句を言いたいのなら、私を買われた公爵様にお願いいたします。貴方は見る目がないのだと、お伝えしてみてはいかがです？」

「はあ？」

途端《とたん》にいきり立った彼女に、リリィはふうっとため息をついた。

「私たちは慎《つつ》ましやかに暮らしているだけなので、騒々《そうぞう》しいのはあまり好みません。ましてや、私に会いにきたにもかかわらず幼い子どもを打つだなんて、尊いお貴族様におかれましてはあまりに品性に欠けた行為ではございませんか？」

「誰が騒々しくて品性に欠けるですって？」

いや、正《まさ》に、今の貴女のことですが？

吊り上がった瞳は醜悪《しゅうあく》で、よくもそんな姿を人目に晒せるものである。

そもそもリリィに文句をつけに来たくせに、無関係の子どもたちに手を上げるとは何事か。

「ダミュアン様は、愛に飢《う》えておられる、とても孤独《こどく》で寂《さび》しがりやのお方なのですわ……ですから、愛を捧《ささ》げたくなりますでしょう？」

「それを修道女の貴女が与《あた》えられるとでも？」

にっこりと微笑む。

だって、それを望んだのがダミュアンなのだから。

そのための対価はすでに支払《しはら》ってもらっている。

献身的《けんしんてき》な愛を与える『慈愛《じあい》の修道女』として、リリィは求められるままに応じるだけだ。

「それがダミュアン様の思《おぼ》し召《め》しですもの。私、お恥ずかしい話ですけれど、『慈愛の修道女』と呼ばれておりまして。そんな大層な呼び名、恐《おそ》れ多《おお》くて本当に困ってしまうのですが……噂《うわさ》を聞いたダミュアン様が、ぜひその私の愛を買いたいと請われましたの。ああ……いたいけな幼子《おさなご》に手を上げる無慈悲な貴女様には難しいお話でしたでしょうか？」

そうして、『慈愛の修道女』として培《つちか》った表情の中でも、過去一の笑《え》みをお見舞いしてやった。

——後からミトアには、リリィ姉だけは絶対に怒らせない、と拝まれたけれど。

なぜだ。解《げ》せない。

公爵家の本日の夕食には、秘書のデイベックも参加していた。

食事中、ダミュアンが今日は何かあったかと珍《めずら》しく話題を振ってきたので、リリィはできるだけ冷静に、孤児院に貴族令嬢が押しかけて来て子どもに手を上げたこと、ダミュアンと釣り合わないというような嫌味《いやみ》をねちねち話して帰っていったことを伝えた。

「それで、子どもは無事だったのですか？」

「扇で打たれたのですぐに水で冷やしました。大きく腫《は》れることはありませんでしたが……」

リリィが守るべき大切な孤児院の子どもたちが、暴力を受けたことは事実だ。

デイベックに問われ、リリィは思い出した怒りをしっかり抑えながら答える。

しょせんか弱い令嬢の力だ。ジェチャの顔は熱を持ったくらいだが、それでもリリィの腹の内は煮《に》え繰《く》り返っていた。

彼らお貴族様は庶民がどうなろうとも歯牙《しが》にもかけないことは知っている。自分たちと同じ、感情を持つ人間だと考えもしないのだ。

だからこそ、とても腹立たしい。

驕《おご》った貴族なんて本当に大嫌《だいきら》いだ。

「そうですか。それで、そのご令嬢たちを追い出したんですか？」

「追い出すだなんて……丁重《ていちょう》にお引き取り願いましたわ」

慈愛の笑みを浮かべてリリィが誤魔化《ごまか》せば、デイベックが大変でしたねと同情的な相づちを打った。

別に暴れたわけではなく、ちょっと相手の品性が下劣《げれつ》だと正直に伝えただけだ。

とにかく今日の出来事で、ダミュアンの人気を甘く見ていたとリリィは実感した。これは早々に手を打たねば、第二第三の襲撃《しゅうげき》に遭《あ》いそうである。

リリィは以前にもこういった経験があるので、嫉妬《しっと》に駆られた令嬢が手に負えないことを知っているし、行動も予測がつかず、危険であることもわかっている。

彼らは残酷《ざんこく》なことを、本当に平気でするのだ。

「ダミュアン様はとても慕《した》われておいでのようですから」

リリィが思わず冷めた声で告げれば、ダミュアン自身も鼻を鳴らす。

「鬱陶《うっとう》しい」

「公爵様はいつもそう言って令嬢たちを寄せ付けないのですよ。まあ、一途《いちず》で初恋《はつこい》を忘れ得ぬ方、という噂もありますから、輪をかけて令嬢たちの関心を集めてしまうのでしょう」

デイベックが面白《おもしろ》そうに口の端を上げながらからかう。一方、ダミュアンの眉間《みけん》の皺《しわ》はますます深くなった。

ダミュアンの年齢《ねんれい》ならば、初恋くらいあるのが当たり前だろう。

そういえば、リリィもそんな話を巷《ちまた》で聞いた。

「ダミュアン様の初恋とは、今の王妃《おうひ》様のことですか？」

「おや、ご存知でしたか」

「有名ですから」

ダミュアンが結婚したい男不動の一位であるのは間違いないが、その理由には王妃との悲恋《ひれん》物語も加味されていた。兄に奪《うば》われた初恋を断ち切れぬ傷ついた心をお慰《なぐさ》めするのだと、令嬢たちがこぞって入れ込んだとかなんとか。あのときは市井《しせい》の噂も過熱して、井戸《いど》端《ばた》会議が大いに盛り上がっていた記憶《きおく》がある。

「馬鹿馬鹿しい」

ダミュアンの声音《こわね》からその話題がお気に召《め》さないということはすぐにわかった。

けれどダミュアンとの恋人契約《こいびとけいやく》がきっかけで、孤児院の子どもたちに被害《ひがい》が及《およ》ぶ状況《じょうきょう》なのはリリィとしても看過《かんか》できない。

「今後、このようなことが起こらないように手を打っていただくことはできませんか？」

「なぜ俺が。必要ない」

取りつく島もないダミュアンには、己《おのれ》が解決するという発想自体がないことがわかった。

さすが傲慢《ごうまん》公爵。返答はにべもない。

ここでダミュアンにリリィの事情を汲《く》んでもらうのは間違っているし、契約違反だと思う。だが、今日のように孤児院の子どもたちがまた傷ついたらと考えるだけで憤懣《ふんまん》やる方ないのも事実だ。

契約書に、孤児院関連の保証まで盛り込んでおけばよかったと後悔《こうかい》したところで後の祭り。

そもそも悪いのはダミュアンだ。彼が令嬢方の相手をすれば、こんな心配もなくなる。

「ダミュアン様は夜会に行くご予定などはないのですか？」

「ないな。そもそも俺は夜会が大嫌いだ」

「公爵様の夜会嫌《ぎら》いは有名ですから……ですが、例のものが出来上がったと連絡《れんらく》が来ておりました。いかがされますか？」

デイベックはからかい交じりに、ダミュアンを見やった。途端に彼は言葉に詰まる。

「──以前頼んだものか。それを早く言え。直近の夜会に出席するぞ」

「となると、さ来週に行われる侯爵家《こうしゃくけ》の催《もよお》しになりますね。では返事を出しておきます」

なぜか一瞬で夜会に行く気になったダミュアンに、デイベックが鷹揚《おうよう》に頷いた。突然《とつぜん》の心変わりの訳はまったくよくわからないが、そこで令嬢方の相手をしてくれるのであれば幸いだ。リリィへの風当たりも和《やわ》らぐだろう。

「ダミュアン様、楽しんできてくださいね」

彼の気が変わらないようにこやかに後押しすれば、ダミュアンは不思議そうに首を傾げた。

「何を言っている、もちろん一緒に参加するんだ。ドレスが出来上がったそうだから、何も心配はいらない」

「は？」

「お前のための夜会用のドレスを注文しておいた。まさか嬉しくないのか？」

ダミュアンが途端に不機嫌になってリリィをねめつけた。

「わあ、ありがとうございます、ダミュアン様。とっても嬉しいですし、楽しみですわ」

例のものとはリリィのイブニングドレスのことだったらしい。

夜会嫌いのはずの彼がそんな理由で行く気になったというのか……。動きづらいし汚《よご》してもいけないドレスを着る機会なんて二度とないと思っていたけれど、これも仕事だ。雇《こ》用主《ようぬし》に請われたら応じるのが義務である。

心底ご免だがリリィは取って付けたような笑顔《えがお》を浮かべて、お礼を言うのだった。


そうして、あっという間に夜会の当日になった。

ダミュアンが用意したドレスは、これまでリリィが目にしてきたものよりも断然、繊細《せんさい》で美しいものだった。

——すごい高そう。

真っ先に浮かぶのがそれだから、リリィの頭の中は金勘定《かねかんじょう》で占《し》められていると言っても過言ではない。

色味はダミュアンの瞳を写し取ったかのような青。スターライトに似せて、ところどころに光る細工が施《ほどこ》してある。金糸をふんだんに使っているのは彼の髪色を再現しているのだろう。けれど華《はな》やかというよりは儚《はかな》い美しさを演出している時点で、職人の腕と感性がかなりのものだということがわかる。

生地《きじ》などの素材も逸品《いっぴん》である。

正直、刺繍《ししゅう》の得意な自分ですら負けたと思えるほどの精緻《せいち》さに、舌を巻いた。

どれだけの金と時間がかけられたのか。

これほどのドレスを与えられては、恐縮《きょうしゅく》しかない。動くだけで汚しそうで恐ろしすぎる。

そんな心持ちで着つけられたドレスで公爵邸の玄関《げんかん》ホールに向かえば、すでに支度を終えたダミュアンが待っていた。

リリィの姿を認めても相変わらずの仏頂面である。

今度は何を不機嫌になることがあったのか。

だが着付けてくれた公爵家のメイドからは大絶賛だったし、玄関ホールに控える執事も満面の笑みを浮かべているのでリリィは安堵した。

リリィ自身もどこか浮《う》き立つ気持ちになってしまうほどには、綺麗な装いにドキドキする。

それでも極上《ごくじょう》の衣装《いしょう》を纏ったリリィよりも、ずっとダミュアンの身なりのほうが素晴《すば》らしかった。持ち前の美貌《びぼう》と仕立ての良さが一目でわかる上質の夜会服がさらに彼を豪奢《ごうしゃ》に見せている。

差《さ》し色に桃色《ももいろ》を使っているのは、リリィの瞳の色だろう。

リリィが見劣りしていても、ダミュアンの絢爛《けんらん》さだけでお釣りがくるというものだ。

「ダミュアン様、お待たせしました。いつも素敵ですけれど、今日はまた一段と華やかで素敵ですね」

「あ、ああ……お前は、す、少しは見られるようになった、な……」

「ダミュアン様のおかげですわ。素晴らしいドレスを贈っていただき、ありがとうございます」

「と、当然だ」

にこにことリリィが褒《ほ》めれば、ダミュアンは少しだけ表情を動かしたものの、そう短く答えただけだった。

なぜか視線を逸らされたが、気にしないことにする。無理やり褒められても、嬉しくもなんともない。

「行ってくる」

「行ってきますね」

見送りに出たファレスに声をかけて、ダミュアンはさっさと馬車に向かう。

傲慢公爵と名高いダミュアンではあるが、流れるようにエスコートしてくれる。自然に身についた所作だろうが、当たり前に動くのでリリィのほうが緊張してしまう。

だが、ここからは戦場に赴《おもむ》くようなものだ。事態の解決に雇用主を頼ろうだなんて職人の名が廃《すた》る。

リリィはこの機会に自分なりの手段で孤児院を守ろうと腹を括《くく》った。

馬車を下りれば、大きな屋敷のきらびやかな離れへと案内される。

和《なご》やかな音楽と着飾《きかざ》った人々。フロアの真ん中で優雅《ゆうが》に踊《おど》る貴族たちの姿を見ながら、リリィははあっと内心でため息をついた。

会場入りしてからちらちらと向けられる視線は、どこまでも棘《とげ》がある。

こんな居心地《いごこち》の悪いところに長居したくない。今すぐ帰って、孤児院の子どもたちとにぎやかに夕食を食べているほうがずっといい。

慣れているのか、ダミュアンは周囲を無視して会場内を見回すと、歓談《かんだん》している今夜の主催《しゅさい》の元へとさっさと足を向けた。

「チップタール候」

「おお、これはこれはフィッシャール公爵。本当にお越《こ》しいただけるとは。息災《そくさい》でおられますかな」

白髪《しらが》交じりの大柄《おおがら》な男が、ダミュアンに快活に笑う。

屈託《くったく》のない笑顔は気安い関係だとわかるが、リリィは彼に既視感《きしかん》を覚えていた。

「変わりない」

「そうですか、それは何より。それで、こちらの麗《うるわ》しい方が噂の――」

「恋人のリリィだ」

ダミュアンは臆面《おくめん》もなくさらりと告げた。

かかっと男が笑う。

「なんと、可憐《かれん》な。貴女のお噂はかねがね聞いております、『慈愛の修道女』様。先日は、剣《けん》を百本ほど寄付させていただきました」

「ええ、ありがとうございます。子どもたちもとても喜んでおりました。まだ小さい子たちも多いので、役立てるのは先になりますが」

「そうでしょうとも。有事の際にはぜひご活用ください。新兵が使えるもので、軽くても丈夫《じょうぶ》なのです」

豪快《ごうかい》に笑った男に、リリィは大量の剣を寄付してきた人物だと思い出す。男が言うように軽い剣で物はいいらしいのだが、いかんせん扱えるのはゲミくらいである。剣を交《まじ》える相手もいないし、百本も置いておくと場所を取る。運び込まれたときに五歳のミリアートがうっかり鞘《さや》から抜《ぬ》いて刃《やいば》で足を切ったという騒動《そうどう》もあって、早々に孤児院の裏手の倉庫にガラクタよろしく眠ってもらった。

「なんでも孤児院にやってきたコソ泥《どろ》に対しても寛容《かんよう》に接して相手を改心させたと聞きました。今ではすっかり貴女の敬虔《けいけん》な下僕《げぼく》だとか。私はその話に感銘《かんめい》を受けましてな！　ぜひとも寄付をしたくなったのですよ」

「コソ泥？」

ダミュアンがチップタール候の話に首を傾げた。

「皆様《みなさま》からたくさんの寄付をいただいておりますので、残念ながら孤児院にはそういった方もやって来るのです。けれど皆様やむに已《や》まれぬ事情があるだけで……どんな方でも己の行いを悔《く》いて謝罪して帰られますのよ」

正確には孤児院の子どもたちと一丸になって泥棒《どろぼう》を囲い込み、反省室に連行して滾々《こんこん》とリリィが説教を聞かすのだ。そうして一昼夜もあれば、大抵《たいてい》の者はげっそりして二度としないと去っていく。

「それは、凄いな……」

ダミュアンは目を丸くして感心している。

「そんな慈悲深《じひぶか》く素晴らしい貴女に、先日は愚息《ぐそく》が失礼したようで。しっかりと叩きのめしてやりました。か弱い婦女子に暴言を吐くなど騎士《きし》の風上にも置けない。それが『慈愛の修道女』様となればなおさらです」

「それで、ソジトは大丈夫なのか？」

拳《こぶし》を振るう仕草をした男に、ダミュアンが若干《じゃっかん》声を落として尋ねている。

なるほど。

先日の無礼な騎士の父親だと知って、納得した。笑顔が似ている。親子だと確かにわかるほどだ。

「次の日には団員の指導をしてましたから、問題ありません。本当に頑丈《がんじょう》なやつでして」

「それは何よりだ」

ダミュアンが落ち着いた声音で相槌《あいづち》を打った。

「今日は仕事があって来られないと聞いていますが、あやつがいないのにこうして我が家にお越しいただけるとは――さては可愛らしい恋人を見せびらかしにいらしたのですか？夜会嫌いの公爵にしては珍しい」

「もちろんんだ。彼女は俺に尊い愛を与えてくれるからな」

ダミュアンはふんっと鼻を鳴らして尊大に答えた。だが、内容はどこか可愛い。

なんだろう、リリィはほっこりとした。

そんなダミュアンに侯爵はすっかり感動したようだ。まるで我が子の成長を喜ぶ親のようである。

「なるほど、めでたいことですな！　さすがは『慈愛の修道女』様です。何度招待しても公爵には袖にされてきたので、本当に感謝いたします。ぜひ、今宵《こよい》を楽しんでください」

「そうさせてもらう」

ダミュアンは鷹揚《おうよう》に頷いて、リリィを伴《ともな》いチップタール侯から離れたのだった。

「先に食事にしませんか」

夜会の主催者に挨拶《あいさつ》をして、本日の彼の仕事は終わったらしい。

あとはリリィが満足するまで、好きにいればいいという。

だから、リリィはダミュアンを食事に誘《さそ》った。

夜会では腹がいっぱいになるほど食べてはならないと知っているけれど、このまま帰るのはもったいない。

腹が減っては戦《いくさ》ができぬ、である。

「踊らないのか？　大抵の女はダンスに誘ってほしいと言うが」

不思議そうにダミュアンが尋ねてきたが、リリィは驚《おどろ》いた。それは貴族の令嬢だからだろう、と呆《あき》れる。

というか女性からダンスを誘ってほしいとねだられているダミュアンがちょっと憐《あわ》れだ。どれだけ肉食系の令嬢に囲まれていたのか。リリィがかつて受けた淑女《しゅくじょ》教育では、男性に誘われるまでは自分から声をかけてはいけないと習った。

何より、リリィは食べ物を優先したい。なぜ腹を空かせたまま無駄《むだ》に動かなければならないのか理解できない。しかもお金をもらえるわけでもないのに。

「ダミュアン様は踊りたいのですか？」

だが彼が望むのならば、職人として応じるべきだろう。

「は、いや、俺は別に、お前が踊りたいなら、付き合ってやらなくも……」

ダミュアンが何か慌てているらしいことは理解したが、そこに、不意に若い女性の甲高《かんだか》い声が響《ひび》いた。

「あら、貴女が不調法《ぶちょうほう》だからではありませんの？　公爵様に皆の前で恥《はじ》をかかせるわけにはいかないですものね」

話を遮《さえぎ》られて、ダミュアンが不機嫌そうに睨んだ。

その先には先日孤児院にやって来て、扇でジェチャを打った令嬢がいる。

本日はまた、格段に金をかけた装いである。

「突然、なんだ?」

「初めまして、公爵様。リリィの友人のピアモーニ・ハウベトと申します」

「友人?」

訝《いぶか》しんでリリィを見るダミュアンに、リリィだって驚いた。先日あんな仕打ちをしたにもかかわらず、彼に近づきたいからっていけしゃあしゃあとリリィの友人を名乗るなど、厚顔無恥《こうがんむち》にもほどがある。

だが、彼女がこの夜会に参加することは事前に情報を得ていたので、これは好都合だ。

リリィは臆《おく》さずにっこりと笑顔を向ける。

「あら、お嬢様。お声をかけていただいて、とっても嬉しいですわ!」

「は、あ?」

親しげに話しかけられて嫌そうにたじろいでいるピアモーニに、リリィは慈愛の笑みを浮かべながら嬉々《きき》として近寄る。

「先日はわざわざ孤児院に足を運んでいただき、怯《おび》える子どもたちに折檻《せっかん》までされるほど教育熱心であられたお嬢様の心根に、私感服いたしました。ぜひ、もう一度お会いしたいと思っていたのです」

リリィは自身の体で隠《かく》すようにしながら逃《に》げられないよう彼女の腕をガシッと摑んだ。

「公爵様の前でこれ以上悪行をバラされたくなかったら、おとなしくしていることね。貴女の評判に関わるわよ、ハウベト伯爵《はくしゃく》令嬢？」

こっそりと耳打ちすれば、相手はぶるぶると震《ふる》え出す。

先日の一件以降、彼女の素行は調べ上げた。かつての仲間が下働きとしてハウベト邸にいたので、数々の噂を仕入れている。

「ねちねちいびり倒《たお》して、何人もの侍女《じじょ》がやめてしまったのでしょう？　貴女、相当嫌われているそうですね。だから、今日の装いだってチグハグなんですよ。そのドレスに、そんな相性《あいしょう》の悪い髪飾《かみかざ》りをまともな侍女でしたら選ばないですもの。ああそれとも、お嬢様ご自身の趣味《しゅみ》でしょうか。でしたらお嬢様ほどの身分の方に下々の意見など不要でしょうから、聞き流していただいて構いませんわ」

お可哀《かわい》そうに、と目を細めれば彼女は手にしていた扇を振りかぶってリリィに叩きつけた。

「な、何を……っ」

「庶民のくせに、何がわかるというのっ⁉」

「私の恋人に何をするんだっ」

ダミュアンが激高《げっこう》して、ピアモーニの手を摑んだ。そのまま汚《けが》らわしいと言いたげに振り払《はら》う。

彼女は勢いのままよろめき、会場の床《ゆか》に座り込んでしまったので、衆目《しゅうもく》が集まる。

「……」

本当だったら――手を上げられたリリィが華麗《かれい》に避《よ》けて床に倒れ込む予定だったのに、予想外のダミュアンの行動にしばし茫然《ぼうぜん》としてしまう。

リリィの計画としては、『慈愛の修道女』として皆の同情を集め、羞恥《しゅうち》に耐えられなくなったピアモーニが謝罪。それを受け入れる代わりに、孤児院への手出しをやめてもらうつもりだったのだ。

ぱちぱちと瞬《まばた》きをして、思考を目まぐるしく回転させたリリィは、とりあえずこのまま続行を決めて上擦《うわず》った声でダミュアンに礼を述べる。

「ダ、ダミュアン様……っ、ありがとうございます！」

「怪我はないか」

「ございません。ダミュアン様に守ってもらいましたから」

ダミュアンに寄り添い、優しく微笑む。仲睦《なかむつ》まじい恋人ぶりを周囲に見せつけつつ、ピアモーニに釘を刺さなくては！

案の定、彼はここでも不機嫌顔だ。だが、そのほうが今は都合がいい。

「ダミュアン様、お願いがあるんです。聞いてくれますか」

上目遣《うわめづか》いで、ダミュアンを見上げる。それだけで、大抵は恋人の願いを叶えたくなると太鼓判《たいこばん》を押したのはセイガルドだ。

ダミュアンは仏頂面のまま、低く唸《うな》った。

「なんだ？」

「彼女、私の友人なのですって。だから、仲直りの代わりに一曲彼女と踊ってくださいませんか？」

「なぜ、俺が？」

「可哀そうに、彼女はまだ立てないようですわ。助けて差し上げたほうがよいかと思いますの。そのままリードしてあげてくださいな」

「馬鹿な、不愉快《ふゆかい》だ。俺のものに手を出そうとしたんだぞ、許せるわけがない」

しっかりとダミュアンはリリィを抱《だ》きしめて、本当に不機嫌そうに顔を歪めて吐き捨てる。

先ほどの不機嫌顔とは、微妙《びみょう》に異なる。不機嫌にも種類があるのだな、とリリィは一つ理解した。

ダミュアンの恋人への溺愛《できあい》ぶりと噂の『慈愛の修道女』の健気《けなげ》な様子に、会場がざわめいた。

うん、満点。

これは計画どおりである。不機嫌なダミュアンが金で買っただけの恋人の願いを叶えるはずがないのはわかっていた。

「ごめんなさいね、お嬢様。ダミュアン様に貴女のお相手を頼んでみましたが、断られてしまいました。わざわざ孤児院にいらしてまで指図されたことですけれど、私からダミュアン様にご無理を強《し》いるわけにはいきませんので、これで諦《あきら》めてもらえますか」

リリィは眉尻《まゆじり》を下げて丁寧《ていねい》に謝罪する。

ぐうの音《ね》も出ないピアモーニを無視して、ダミュアンはリリィの腰《こし》を抱いた。

「それより食事にするはずだっただろう、行くぞ」

気を取り直したダミュアンが、リリィを連れて料理が並ぶブースへと案内してくれる。

座り込んだままの令嬢には一瞥《いちべつ》もくれないダミュアンが素晴らしい。傲慢公爵の名に相応しい態度に今だけは称賛《しょうさん》を贈りたい。

リリィは心の中で「よくできました」と褒めながら、慈愛に満ちた笑顔を浮かべてダミュアンにエスコートされるのだった。

リリィは数々の料理を前にして、おいしそうと胸を躍《おど》らせる。

「ダミュアン様はどれを食べます？」

「お前が好きなものを」

「お嫌いなもの、ありません？」

「特にないが、好きだと思うものもない」

なんの感情もこもらない平坦な声で彼は答えた。

食に対して頓着《とんちゃく》しないとは屋敷のシェフからも聞いている。だが、嫌いなものどころか、好きなものもないとは。

「なるほど。まあ、私の場合、四の五の言わずに食べられるときに食べておかなければ明日のごはんもままならないので、そういう意味では私も嫌いなものも好きなものもないかもしれないですね」

「共感されたのは初めてだ……」

感慨深《かんがいぶか》げにダミュアンがぽつりと零《こぼ》す。

きっと思わず出た言葉なのだろうが、くすりと笑ってしまう。素直《すなお》な態度は、とても可愛いらしい人である。

「うちの子どもたちも多分同じように答えますよ」

「そうか」

孤児院の子どもたちと同列に扱うなと怒ることもない。

さして気にした様子もなく、彼は頷いた。

それがどれほどすごいことかと、わかっていないダミュアンに心が揺《ゆ》れる。

——こういうのは良くない。

契約恋人にはあるまじき感情だ。けれど、自然と綻《ほころ》ぶ口元を自分で抑えられなかった。

リリィは皿に料理を盛りつけると、フォークを使い彼の口元に運ぶ。

「はい、あ～ん」

「なんだ？」

「口を開けてください」

「口？」

不思議そうに首を傾げているので、仏頂面の彼の前で「あ～」と口を開いてみせると、釣られて同じ動きをした瞬間を逃さず料理を口に落とし込む。そのままリリィも同じフォークで同じものを食べた。

「恋人に食べさせてもらうと、一層おいしく感じませんか？」

するとダミュアンは面食らった表情のまま料理をごっくんと丸呑《まるの》みした。

「え、嚙《か》まないのですか」

「だっ、お、お前……っ」

「なんです？」

「人が使ったものを使うんじゃないっ！」

仏頂面、ここに極《きわ》まれり。これでもかというほどの不機嫌顔で、ダミュアンが小声で怒《ど》鳴《な》った。器用だ。

いつもの癖《くせ》で、使い回しをしてしまったとリリィは反省しながら感心する。

洗いものを減らすために、リリィは昔から子どもに食べさせたカトラリーをそのまま自分で使うことが多い。

確かに、貴族にとってはマナー違反《いはん》だった。

しかし、他にも散々マナー違反をしてきたので、リリィにはそれほどダミュアンが怒る理由がわからない。

「すみません、ついうっかり。もう二度としないので、怒らないで」

「い、や、そういうわけじゃあ……っ」

「ダミュアン様、こちらの料理もおいしそうですよ。お取りしますね」

「待て、俺が取るから！」

ダミュアンがはっと我に返って、慌ててリリィから皿を奪う。

基本的に料理を取るのは男性のエスコートの一つだ。

昔学んだマナーを思い出しながら、リリィはやらかしてしまったとこっそりため息をつく。

ダミュアンは目につく料理を何品か皿に山盛りにした。

一般女性ほどの量しか食べないリリィではあるが、ダミュアンのエスコートが嬉しくて止める気にはなれなかった。ぶっきらぼうに渡《わた》されたそれを、リリィはおとなしく頂戴する。

「あんなので、お前の気は晴れたのか？」

ダミュアンが選んでくれた料理を一口ずつ堪能していたリリィに、躊躇《ためら》いがちな声が尋ねる。言葉は短いが、何を聞かれているのかはわかる。

「もちろん。お貴族様って存外、打たれ弱いんですよ？　反撃《はんげき》されるなんて想像もしていなかったと思います。特に庶民からなんて、天地がひっくり返ってもあり得なかったでしょう」

「なるほど、それはそうかもしれない」

苦笑するダミュアンは、何やら心当たりがあるようだ。彼の人生も貴族の割には波乱万丈《はらんばんじょう》なので、色々とあったのだろうなと察する。

「それに叩かれたジェチャ本人は、実際気にも留《と》めていなかったんです。私が勝手に怒って、勝手に仕返ししただけ。あまりやりすぎると、今度は私があの子に叱《しか》られます」

「そうか」

仲間を守ったジェチャの勇敢《ゆうかん》な行いを汚すことはしたくない。

彼は孤児院の騎士のつもりなのだ。家族を守って体を張っただけである。

その行いを誇《ほこ》りに思う。とても立派だ。

「うちの子たちは本当に自慢《じまん》の良い子ばかりなんです！」

ちなみに、貴族の報復はねちこいので、適度にやり返して、そこそこ溜飲《りゅういん》を下げるほうが無難だ。

「わかった。少し外に出るか。ここの庭は夜でも綺麗なんだ」

お腹もいっぱいになったことだし、歩くのもいいかもしれない。

そう考えて二人で連れ立ち外へ向かう。

テラスへ出ると、多少肌寒《はだざむ》い。春先とはいえ、まだ夜風は冷たかった。

「上着を取ってくる」

「ありがとうございます」

察したダミュアンがリリィを気遣《きづか》ってくれる。

傲慢《ごうまん》なくせにスマートなエスコートが板についているのは、初恋だという王妃様のおかげだろうか。まるで、自分が貴婦人になったかのような錯覚《さっかく》をしてしまう。

所詮《しょせん》は庶民なのだけれど。

公爵たるダミュアンを使いにやるなんてちょっと気が引けるが、どうせ彼も誰かに声をかけて頼むのだということはわかっている。

だから素直に頷いて、外のテラスでそのまま待っていると、後ろから声をかけられた。

「リリィ……」

かつては耳に馴染《なじ》んでいた、やや低めの声。

ダミュアンに比べれば、ずっと高い声だったのだなと、振り返りながらリリィは思った。

「まあ、お久しぶりですわ」

そこには、思ったとおりの黒髪《くろかみ》の青年が立っていた。

こうして面と向かい合うのは二年ぶりになる。同い年だから、彼も十六歳になった。だというのに、昔と変わらずどこか頼《たよ》りない。だがそれが庇護《ひご》欲《よく》をそそるのだとキナは言っていたっけ……。

「やめてくれよ、そんな話し方……」

「あら、弁《わきま》えろと言ったのは貴方のほうでしょう？」

当時を持ち出して揶揄《やゆ》すれば、彼は力なく首を横に振った。

「あれは……その、ごめん」

「謝罪は結構ですわ。貴方のお陰で私はいろいろと手に入れられたし、孤児院は快適になっているもの。それで、お貴族様が今さら私になんのご用かしら？」

「君が、公爵様に金で買われたと聞いたんだ。あんなに嫌がっていたドレスをきちんと着こなして、こんな夜会にまで参加している。なぜもっと早くそう――今の君なら、僕とだって婚約《こんやく》できただろう」

「は、あ？」

婚約できないと振ったのは彼のほうだ。恋人だった目の前の男に、リリィは捨てられたのである。

だというのに、この言いぐさはどういうことだ。

立場がとか、状況がとか。きっといろいろと事情はあったのだろうけれど。

一番の大きな理由は、彼がリリィと婚約したくなかったからだ、と冷めた気持ちで思い出す。

孤児院で数々の苦楽を共にし、一緒に育ってきた幼馴染《おさななじ》み。

泣き虫の彼をかばって脅威《きょうい》に立ち向かったことは一度や二度じゃない。

彼の本当の身分を知ってからもできる限り傍にいた。

というか、彼を生家の伯爵家に連れ戻したのはリリィである。彼の持っていたペンダントから素性《すじょう》をたどって、本来の出自である伯爵家との橋渡《はしわた》しをしたのだ。

だから、彼がリリィに恋人になってくれ、と告白してきたのも、恩義を感じてなのかもしれない。それでも素直に受け入れたにもかかわらず、一方的に終わりを告げたのは彼のほうだ。

伯爵家の嫡男《ちゃくなん》としては適切な判断だっただろう。けれど、裏切られたとリリィは感じた。捨てられたことよりも何よりも、その感情が強かった。

キナは当時の二人の関係を正しく看破《かんぱ》したものだ。

『貴女たちの関係って恋人ではないのよ』

その言葉を、リリィは今ならすんなりと受け入れられる。

「新しい婚約者ができたと言って、私を切ったのは貴方でしょう」

そのときのことを、まさか忘れたとは言わせない。

「あれは……君があまりにドレスを着て僕と出かけるのを嫌がるから……支度用《したくよう》に渡していた金だって、全部孤児院の屋根の修理代や子どもたちの食事代になっていたし……」

彼は、過去と同じ言葉でリリィを詰《なじ》る。

今度こそ、リリィは反論した。

「当たり前でしょう。あの孤児院がどれほど古い建物なのか、貴方も暮らしていたのだからわかっているくせに。子どもたちの日々の困窮《こんきゅう》ぶりだって……。そんな中、お貴族様の集まる場所に庶民がのこのこと着飾って行ってどうするのよ。貴方だって、いきなり貴族の仲間入りをしたせいで、散々陰口《かげぐち》を叩かれて苦労したのではないの？　だからこそ、堂々と連れて歩ける貴族のお嬢様と婚約したのでしょ。こんなところをその婚約者様に見られたら、今度こそ孤児院が焼け落ちてしまうわ」

そう、何を隠そうその婚約者は——かつて彼とリリィが恋人関係にあったことを知り、あろうことか、孤児院に火を放ったのだ。幸いすぐに消すことができたので、小火《ぼや》程度ではすんだ。

相手は貴族令嬢でもなんでもない、孤児院の娘《むすめ》である。だからこそかもしれないが嫉妬心からそんな極端な行為に及べるとは、心底傲慢な貴族というものは理解できない。

あのときのリリィの悔《くや》しさを、そのときの騒動を知らぬ彼ではないはずなのに。

「いや、彼女は今日はいないんだ」

「一人で来たの？」

「フィッシャール公爵様が出席すると聞いて、君も一緒かもしれないと思ったから……」

「まあ……」

そんな執着《しゅうちゃく》を今さら向けられる意味がわからないのだが。

しかも婚約者のいる身で、一体リリィに何を言わせたいのだ。未練があるとでも泣けば満足なのだろうか。

これだから、お貴族様というのは嫌いだ。

彼だってこんな考え方をする人間ではなかったのに、すっかり傲慢な貴族というやつに染まってしまった。

もうたくさんだ。これ以上話をする気も起きない。

さて、なんと言えば彼を追い払えるだろうかとリリィが思案していると、心底不機嫌そうな重低音が投げかけられた。

「俺の恋人に何か用か？」

やっぱり、彼よりもダミュアンの声のほうが低いんだな、とリリィはぼんやり考える。

その声に、安堵してしまったからかもしれない。

「ダミュアン様、コートをありがとうございます」

直立不動のまま、外套《がいとう》を手にしている男にリリィは努めて朗《ほが》らかに応じる。

ダミュアンに近寄れば、無言でそれを着せてくれた。

けれど手つきは穏《おだ》やかで、こういうところが彼は紳士《しんし》だなと実感する。

「で、説明してもらえるのか」

「あら、必要ですの？」

強《したた》かに応じてみたものの、やっぱり、なかったことにはしてくれないらしい。

いつもの不機嫌顔の中で、瞳だけがやけに鋭くぎらついている。

「えーっと……怒っています？」

「婚約者がどうのと聞こえたが？」

怒っているかと問いかけて、返事が貰えなかったことは初めてだ。

つまり、相当怒っているということだろう。

リリィは一瞬どうしようか思案して、ダミュアンの頰にそっと手を添えた。

手が冷たくなっていたらしく、びくりと彼が震えるのがわかった。

表情は硬《かた》くても、ちゃんとダミュアンが温かいことに、リリィは勝手に愛おしさを感じてしまう。

「今は貴方の恋人ですよ？」

「公爵様、彼女はお金のためならなんでもしますよ。騙《だま》されないことだ」

気弱な性格のくせに、この男が冷たい声で相手を皮肉るとは驚いた。あんなに泣き虫で、年上どころか同い年の子相手にも手向かいなどできなかったくせに。立派になってと感心するべきだろうか。

彼の言葉は怖《こわ》くないけれど、現在の雇い主のダミュアンの言葉は違う。

ダミュアンがどう出るか、と身構えれば、彼はリリィの腰を抱き寄せた。

「金で買ったんだ、当然だろう」

何がおかしいのかと言わんばかりの揺《ゆ》るぎない声音に、リリィは打ち震えた。

こんなときでも金が信用第一という彼の信念が素晴らしく思える。

つまり、金で買ったものは誰がなんと言おうと疑わないということだ。

年上らしく落ち着いた態度も本当に格好いい。

「ダミュアン様、素敵……！」

思わず感嘆の声をあげれば、ダミュアンのほうが目を瞠《みは》った。

なぜ、貴方が驚くんだ。

「リ、リリィは本当に、納得しているのか？　だって、公爵様は他に――」

他に好きな女がいると言いたいのだろう。

彼の初恋は有名だし、悲恋だし、なんだかものすごくキラキラして語られているのだから。

そんな想《おも》いを抱えている相手を、本当に愛しているのか。辛くはないのかと、青年はそこに一縷《いちる》の望みをかけているようだった。

縋《すが》るような黒目を向けられて、リリィは鼻で笑う。

貴方は私が、どんな女か知っているくせに。

「他に何？　私がダミュアン様に愛を捧げているの。貴方が私はお金のためならなんでもする、と言ったんじゃない。まさに、そのとおりでしょ。ダミュアン様はなんの問題にもしていないのに。それで、一体貴方は私に、どんな文句があるというの？」

「……くっ」

悔しそうな顔をして、彼は身を翻《ひるがえ》して立ち去った。

去り際は潔《いさぎよ》い。満点をあげてもいいかもしれない。

「で、あれはなんだ？」

あれ呼ばわりとは傲慢公爵様らしいと言えばいいのか。

それとも、よほど腹を立てていると察すればいいのか。

ここではぐらかすのは悪手《あくしゅ》だと、リリィの直感が告げてくる。だから、なんでもないことのように口にした。

「デジーア・ウラウス伯爵令息、諸事情で孤児院に身を寄せていた幼馴染みで、元恋人だった男です」

「…………」

「貴方が買った愛がひどくつまらないもので、がっかりしましたか？」

リリィは背筋を伸ばして、慈愛の修道女らしい完璧《かんぺき》な微笑《びしょう》を浮かべた。


キナは孤児院出身だ。

もう少し前に生まれていたら、たぶん己を卑下《ひげ》して生きていたかもしれない。自分たちから一回り上の世代の孤児院出身者たちの暗い瞳を思い出すにつけ、身震《みぶる》いする。

将来というのは、ちょっとしたきっかけで随分《ずいぶん》と好転するものだ。

つまり、うっかりすればすぐに悪いほうに転がることもあるわけで。

『でも、知識とお金と経験は裏切らないから』

桃色の瞳はすこぶる優しい色合いだと当時は思っていたけれど、こうして記憶の中の彼女を思い出すと、ぎらぎらしているという印象しかない。

強い眼差《まなざ》しで、彼女は力説する。

別に熱弁を振るうわけでもないのだけれど、彼女が言うのならそうなのかなと信じられた。妙《みょう》な説得力のある独特な話し方をするのだ。

リリィという少女は昔から、孤児院の子どもたちのリーダーだった。

今では『慈愛の修道女』なんて、彼女の本性《ほんしょう》を知っていると背中が痒《かゆ》くなる触れ込みだけれど。

まあ、彼女のやることに間違いはないのだ。

リリィは赤子のときに孤児院の前に捨てられていたので、親はわからない。そんな子どもが孤児院にはざらにいて、キナもその一人だ。だからリリィと同い年で、同じ時期に孤児院にいられたことは本当に幸運だったと思う。

彼女は昔から、空はなぜ青いのだろうとか当たり前のことを疑問に思う子どもだった。

そんな感じで、なぜ貴族と庶民がいるのか。なぜ貴族は威張《いば》っているのか。なぜ金持ちと貧乏人《びんぼうにん》がいるのか。

常識とされることを不思議がる少女だった。

普通なら変わっていると片付けられるだけなのだろうが、その頃の孤児院は国から派遣された女監督官のせいで、いわゆる恐怖《きょうふ》政治が敷《し》かれていた。

監督官の言うことは絶対で、憂《う》さ晴らしのために子どもたちは存在していて、国から支給される僅かばかりの補助金はすべて彼女のものだった。

食事は一日一回与えられればいいほうで、物心がつく年になれば問答無用で働きに出されて。子どもたちはまるで彼女の奴隷《どれい》のような生活を強《し》いられていた。

その頃の院長は今と同じで空気のように存在感がない。院長室からほとんど出てこなくて、しゃべらない。

食事だけ与えておけば静かにしている置物のようだった。

周囲の大人はその二人のみで、孤児院なんてそんな場所だと、キナよりずっと長い間、女監督官から搾取《さくしゅ》され続けていた年長組は諦めていた。

だが六歳になる年に、リリィは現状にやはり疑問を抱いた。

女監督官が補助金を独《ひと》り占《じ》めにするのはなぜか。孤児院で楽しく生活できないのはどうしてか。孤児院はお腹いっぱい食べられないものなのか。

そうして、すべての元凶《げんきょう》が女監督官であると理解した。

理解したあとの彼女の行動は早かった。

体の比較的《ひかくてき》大きかったグイッジとデーツをあっという間に従えて、なんと女監督官を追い出したのである。あれほど恐ろしかった存在だというのに、リリィは決してくじけることはなく、きっちりと孤児院の子どもたちを統率《とうそつ》して悪者を退治した。

害のある大人はいないほうがましだと、やっぱり平坦に告げた少女は誰よりも格好よくて頼れるリーダーだった。

キナはあのときから、リリィにどこまでもついていこうと決意したのである。

そうして孤児院はリリィの教育という名の指導の下《もと》、楽しいけれどきっちりと規律のある、本来以上の姿に生まれ変わった。生活に必要な計算、読み書き、教養。リリィがすべて教え込んだのだ。

そんな戦友とも言えるリリィとの付き合いを振り返ると、デジーアの存在はやっぱり彼女の輝《かがや》かしい過去に暗い翳《かげ》を落としているのではないかと思わざるを得ない。

彼も孤児院に捨てられていた。だが綺麗なペンダントを持っていたらしい。らしいというのは女監督官が取り上げていたからだ。それがデジーアのものだと奪い返したのはリリィで、しかもウラウス伯爵家の紋章《もんしょう》をかたどったものだと見抜《みぬ》いたのもリリィだった。

そうして、リリィは彼と生家を繋いだのだ。

誘拐《ゆうかい》された嫡男を連れ戻したリリィに感謝して、伯爵が礼がしたいと申し出たとき、彼女は孤児院の援助《えんじょ》を頼んだそうだ。常に他者を一番に考えるリリィらしいが、この伯爵との出会いも大きかった。

なんと伯爵は援助と同時にリリィに教育を施してくれたのだ。それが今の孤児院に脈々と生きている。そう、この孤児院では、寄付に頼るだけではなく、自ら生きていくための術《すべ》を身につけることができるようになったのだ。

だから、現在の子どもたちの環境にはデジーアの実家が貢献《こうけん》しているのは間違いない。けれど、彼はねだってリリィの恋人となったくせに、思いどおりにならないとわかるやあっさりと彼女を捨てたのだ。

逆はあっても、彼がリリィを切るとは思わなかった。キナは信じられなかったが、リリィはその日からますます金に執着するようになった。

だから告げたのだ。

二人の関係は恋人ではない、と。

リリィは何を言われたのか理解できない顔をしていたが、黙《だま》って頷いた。

キナは痛ましいリリィを見つめながら、いつか彼女が本当の恋や愛を知ってほしいと祈らずにはいられなかった。

そうして月日が経《た》って、まさかリリィの愛を金で買いたいなんていう男が現れるとは想像もしなかったけれど。

今度こそ、大事な相棒には幸せになってほしい――。

噂しか知らないダミュアンに、キナは何度も願うのだった。

第四章 献身的で尊い、最上級の愛

「つまらない愛？」

ダミュアンはリリィの言葉を繰《く》り返《かえ》した。まるで余韻《よいん》を楽しむかのような雰囲気《ふんいき》に、リリィのほうが怪訝《けげん》になる。

「私に献身的《けんしんてき》で尊い、最上級の愛を買いたいとおっしゃったではありませんか」

それが、実際は同い年の伯爵《はくしゃく》令息に身分差で振《ふ》られるような愛しか育《はぐく》めなかったのだから。

大金を払《はら》って得たものが、実は普通《ふつう》でつまらないものだったとわかれば怒《おこ》るのではないだろうか。どう考えても最上級に尊い気はしないだろう。

「お前が、俺に『おはよう』と言った」

「はい？」

いえ、今は言っていませんよ。

なんて言える空気ではなかった。

不機嫌《ふきげん》そうな様子ではあったものの、ぎらついていた気配はどこにもなくて、ただ張り詰めたような緊張感《きんちょうかん》を漂《ただよ》わせて。

ダミュアンは告げた。

「お寝坊《ねぼう》さんは起きなくていいと。それが可愛《かわい》いのだと。ソジトを止めたら、腕《うで》の中で甘えてくれた。おやすみなさいと頭を撫《な》でてくれた。お帰りなさいのキスをくれた。夜会の服がとても素敵《すてき》だと褒《ほ》めてくれた。好《す》き嫌《きら》いがないことに自分もそうだと共感してくれた……同じフォークで、食べさせてくれた」

怒涛《どとう》のように話したダミュアンは肩《かた》で大きく息を吐《は》いた。

「何より、いつも俺に近づくたびに、緊張で震《ふる》えていただろう？」

「──なっ」

「俺よりも年下のくせに、無理に大人ぶって恋人《こいびと》を甘やかす役割を果たしてくれた。恋人がいたといってもままごとみたいなものだろう。異性との触《ふ》れ合いに慣れていないのはすぐにわかる。赤い顔を隠《かく》して、震える声を抑《おさ》えて取り繕《つくろ》って。それでも必死に恋人として俺に愛を捧《ささ》げてくれただろう？」

「き、気づいていたんですか⁉」

思わず真っ赤になって叫《さけ》べば、ダミュアンはにやりと意地悪く口角を上げた。

「それなりに年は重ねている。目端《めはし》は利《き》くほうだしな。献身的で尊い、最上級の愛を欲《ほ》しいと言って買ったんだ。お前はそれに応じた。これがその愛ではないのか？」

巷《ちまた》で恋人にしてほしいと思われている項目《こうもく》を実践《じっせん》しただけです、とはとても言えない。

それくらい、リリィは空気を読む。

でもやっぱり、なんとなく居心地《いごこち》が悪くて白状してしまう。

「お金で買われたので、対価として当然のことをしたまでですよ」

言い方が可愛くない自覚はある。

お淑《しと》やかで穏《おだ》やかな慈愛《じあい》に満ちた恋人のふりなど、今はできる気がしない。

先ほどからドキドキと感情が高ぶって、落ち着かないから。

「時々、素が出ているだろう。取り繕っている姿も楽しいが、感情的なのはもっといいな。今日は特にいろんな顔が見られた。俺はそれだけで十分だ。実際のところ、お前は怒りっぽくて負けず嫌いだろう？　だというのに、皆《みな》の前で『慈愛の修道女』の猫を被って努力する姿は素直《すなお》に凄《すご》いと尊敬する。俺はお前のその徹底《てってい》した職人根性《こんじょう》のようなところを好ましく思っているんだ」

確信めいた言葉は、きっとこれまでのリリィの仕事ぶりを調べ上げたのだ。

破格の値段を、ただつけただけではなかった。

この人は信じられないくらい大金持ちの大貴族ではあるが、自分だけの力で今の地位を築いた傑物《けつぶつ》でもある。

世襲《せしゅう》で得た富と権力の上に胡坐《あぐら》をかいてふんぞり返っている、リリィの大嫌《だいきら》いな傲慢《ごうまん》な貴族とはまったく違《ちが》う人種なのだ。

「ダミュアン様、幸福になれるという壺《つぼ》を売りつけられても買ってはいけませんよ？」

なんとなくそれを素直に認めるのが悔《くや》しくなって、つい軽口を叩《たた》けば、彼は不思議そうな顔をする。

『慈愛の修道女』らしくないことはわかっているけれど、構わなかった。

「そんなもの買わない」

「騙《だま》されやすそうですから、忠告してあげているんですけど」

だが、ダミュアンは衒《てら》いもなく答える。

「俺は必要なものしか買わない。だからそんなものはいらない。少なくともお前が傍《そば》にいる間はな」

「――っ！」

純粋《じゅんすい》さは、時に武器になるのだと知る。

打算まみれの根性だけでどうにか生きてきたリリィには、彼の純粋っぷりが、最大の破壊力を持つ。

心が直撃《ちょくげき》を受けて、悲鳴をあげている。

しっかりしろと自分を叱咤《しった》したいが、傷が浅いとはとても言えない。

「それならいいんです」

リリィは赤くなった顔を誤魔化《ごまか》すようにやや早口でまくし立てると、ダミュアンの腕を取った。

「お庭に行きませんか？　とても素敵なのでしょう」

「ああ、そうだな」

「恋人なら手を繋《つな》いで歩くべきです」

「そういうものか」

「はい、そういうものです」

ダミュアンの指に指を絡《から》めて、そのままリリィは歩き出した。セイガルドが言っていたので、繋ぎ方は間違《まちが》いないはず。

リリィはなぜだか泣きたくなるような気持ちを抑えて、前を向いた。きっと夜風が熱くなったこの頬《ほお》を、冷ましてくれるに違いない。

リリィは心の内で、そんなことを強く願うのだった。

小さなランプが小道を照らしているから、夜の庭園で迷うことはなかった。そして、植えられた花も光を受けて幻想的《げんそうてき》に浮《う》かび上がっている。

なるほど、自慢《じまん》の庭園というわけだ。ダミュアンが誘《さそ》った理由も納得《なっとく》である。

やや早足で進んだリリィは、道の中ほどで立ち止まりダミュアンを見上げた。

「ここにはよく来られますの？」

「ソジトの家だから、小さい頃《ころ》はよく遊びに来たな。最近はあいつのほうがうちに押しかけてくるばっかりだ」

ダミュアンはソジトと本当に仲が良かったのだな、とリリィは幼い二人に思いを馳《は》せた。

そのままリリィはダミュアンの手を取ると、空に翳《かざ》してみせた。

欠けた月は静かに二人を見下ろしている。

「ダミュアン様の手は大きいですね！」

「あ、ああ」

「それに、とても温かいです」

「お前の手が冷たいだけだ。冷えたのか？」

ぶっきらぼうな台詞《せりふ》の中に気遣《きづか》いを感じて、ふふっとリリィは笑《え》みを溢《こぼ》した。

「ダミュアン様のお戻《もど》りが遅《おそ》かったから」

「それは、すま……」

「とかいうわけではないですからね」

明らかにあんなところで呼び止めたデジーアが悪いに決まっている。それにダミュアンはきっと外套《がいとう》を手に見守っていてくれたのだから。

意図的に言葉を区切ったリリィに、ダミュアンが少し考え込んだ。

「俺をからかっているのか？」

「気分を害しましたか？」

繋いだ手を掲《かか》げながら上目遣《うわめづか》いで見上げれば、彼は瞠目《どうもく》してから苦笑《くしょう》した。

彼の瞳《ひとみ》の中のスターライトが、小さなランプの光を受けてキラリと輝《かがや》く。

それが、とても美しく思えた。

「お前には敵《かな》わないと思う」

冗談《じょうだん》でしょう、という言葉をリリィは呑み込んだ。どう考えても年上のダミュアンの手玉に取られているのはリリィのほうだ。だが、悔しいので鷹揚《おうよう》に頷《うなず》いた。先ほどの意趣《いしゅ》返《がえ》しも込《こ》めている。

「誉《ほ》め言葉として受け取っておきましょう」

「そうか」

「そうですよ？」

意味のない言葉の応酬《おうしゅう》。

軽口を叩き合って、でもなぜか空気は甘くて。

セイガルドは恋人と寄《よ》り添《そ》ってする何気ない日常の会話が好きだと言っていた。もちろ

ん彼の中の妄想《もうそう》の彼女ではあるが、確かにこれはいいものだとリリィはしみじみする。

やはり、直接師事《しじ》した男性の夢想は、万人《ばんにん》受けするのだなと感心しつつ、つい思考を逸《そ》らすのは、気恥《きは》ずかしくなるからだ。

つまり、照《て》れ隠しでつらつらとたわいもないことを考えている。

そんなリリィの様子を察したのか、ダミュアンは掲げた手を元に戻すと、ゆっくりと歩き出した。手は繫いだままなので、リリィも一緒《いっしょ》だ。

恋人なら手を繫ぐものだとリリィが教えた途端《とたん》に、律儀《りちぎ》に実行するダミュアンである。

「そういえば、昔、ここの花を全部むしり取ったことがあって……」

「え、こんなに綺麗《きれい》なのに？」

リリィはうっかり素面《しらふ》で驚《おどろ》いた。

「子ども心に何か理由はあったと思うんだが、よく覚えていない。ソジトと二人で全部だ。半日かけた。そうしたらチップタール候《こう》の奥方《おくがた》に叱《しか》られてな。女性を怒らせるのは得策ではないと学んだ」

ダミュアンは当時のことを思い出して、弱り切った顔をする。

そんな顔もするのだな、とリリィは目を瞠《みは》って、くすくすと笑う。

いい年した大人で、人生経験も豊富で、デジーアなんて一瞥《いちべつ》しただけで撃退《げきたい》してくれる格好良《い》い男の人なのに。

「だから、私を立ててくれるんですね？」

ダミュアンはリリィを言いなりにしようと思えばできるくせに、要所要所でリリィを尊重してくれる。契約《けいやく》の恋人なのだから、そんな必要などどこにもないのに。

「どれほど金がある俺でもさすがに、過去はどうあっても変えられないからな」

ダミュアンは一旦《いったん》言葉を切って、深々と息を吐き出した。

「過去の積み重ねで今の俺があるんだ。だから、お前がかつて誰《だれ》かの恋人だったとしても、神へ捧げる尊い愛を、今は俺が買ったんだ。つまり、お前は俺のものだ」

滔々《とうとう》と語られた声は尊大で、横柄《おうへい》だ。けれど、言っている内容はとてもストレートすぎる。彼は恥ずかしくないのだろうか。

「たとえ神にだってくれてやるものか。絶対に、手放さないからな」

スターライトの瞳は、強い熱を込めてぎらついていた。

「――っ‼」

その熱さが、リリィを純粋に射貫《いぬ》く。

貴方《あなた》は私をどうしたいのか！

リリィは心の中で盛大《せいだい》にのけ反《ぞ》った。

確かに、デジーアとの関係はリリィの中でしこりになって残っている。傲慢な貴族が嫌いになったのも、恋愛《れんあい》に興味がないのもきっと根っこは同じくデジーアだ。

だがそう思わなければと、怖《おそ》れていただけなのかもしれない——自身の弱さを認めないといけなくなるから。

そこからずっと目を逸らしてきたけれど、今ここで、すとんと腑《ふ》に落ちた。

それはダミュアンのおかげだ。

恥ずかしげもなく、赤裸々《せきらら》に告白する年上の男のせいだ。普段《ふだん》は少しも年上らしくないのに。

「じゃあ、しっかり摑《つか》まえていてください」

早口になってしまったけれど、諦《あきら》めた。

「ああ。そうする」

もうどうしたって全力で取り繕った結果なのだから、無理だ。

貴族も恋愛もまだ怖《こわ》いけれど、この人から離《はな》れたくないと思ってしまったから。

そうして、ゆっくりと二人で庭園を歩く。

手を繋いだまま。

大きな手はかさついていて、働く男の人の手だ。

そういえば、頑張《がんば》っている手を褒めてほしいと、セイガルドの恋人への要望項目内にあった気がする。

自分の手と違って男らしさを感じるとか、無骨さが素敵と言ってほしいとか。

恋人なら絶対に今のタイミングで口にするべき場面だ。

けれどリリィは、どうしてかダミュアンが喜びそうな言葉を一言も口にはできなかったのだった。


それから数日。急に明日は出かけるぞ、と決定事項として述べてきたのはダミュアンだ。

仕事はどうするのかと聞くと、臨時休業にするらしい。もともと人間は週に一日は休みを取るという話をされた。

貴族は優雅《ゆうが》だな、と感心していると、外国で用いられている制度なのだと教えてくれた。

外国では貴族だろうが平民だろうが、そういう決まりがあるらしい。

いつかこの国にも根付くといいと、彼はちょっと寂《さび》しそうに笑う。

リリィの休みというのは寝《ね》ている時間のことだ。めいっぱい働いて、死んだように眠《ねむ》る。

つまり、一日休みを取るとなれば、その分飯《めし》の食い上げだ。それはとても困る。

皆の稼《かせ》ぎでなんとか維持《いじ》できている孤児院《こじいん》なのだから。

考え込んでいると、ダミュアンが躊躇《ためら》いがちに口を開いた。

「では、お前の一日を言い値で買おう」

「それは、ちょっと……」

すでにダミュアンからは愛の売買契約を結んで料金を支払《しはら》ってもらっている。これ以上の上乗せはなんとなく問題があるような気がする。

上手《うま》く言葉にできないのだが、それはしたくないのだ。

「俺はお前の雇《やと》い主《ぬし》だろう。せめて半日、いや二時間ほどならどうだ？」

ダミュアンにそこまで言われるとリリィとしては断れない。それに必死に譲歩《じょうほ》してくる様に、絆《ほだ》されてしまった。

「わかりました、明日だけですからね」

「ああ！」

頷けば、とても嬉《うれ》しそうに笑われた。

そんな顔をしたダミュアンを初めて見たので、リリィは面食《めんく》らう。

孤児院の子どもたちも、リリィが外仕事のない日に孤児院にいるとはしゃぐ。もしや、それと同じ感覚だろうか。

孤児院の子どもたちと無理やりダミュアンを重ねた。そうでもしないと、リリィが落ち着かない。

あの夜会から、リリィはおかしくなってしまった。というか、ダミュアンもおかしい。傲慢さは相変わらずだけれど、距離《きょり》が近いというか、雰囲気が柔《やわ》らかいというか。とにかく、何かが変なのだ。

リリィは落ち着かない気持ちのまま、ダミュアンを見つめる。

彼の青の瞳に輝くスターライトは、星屑《ほしくず》の煌《きら》めきだ。

明るい部屋の中では、より一層の輝きを増す。

「お前は、いつも俺の瞳をじっと見つめるな」

「あ、すみません。つい……」

つい、目を奪《うば》われて？

つい、見惚《みと》れて？

リリィは言葉に詰《つ》まってしまう。

だというのに、ダミュアンは優《やさ》しく微笑《ほほえ》んだ。

そんな顔もできるのかと、驚くほどに。

もしかして、今、目の前にいるのはダミュアンの偽者《にせもの》かもしれない、なんて馬鹿なことまで考えてしまう。

「もっと見ていて、いいんだぞ」

リリィの手を取ると、ダミュアンは自身の頰に当て、覗《のぞ》き込むように身を屈《かが》めた。

「いえ、不躾《ぶしつけ》でした。申し訳ありません」

視線を逸らして早口に謝罪すれば、ふっと笑う気配がする。

「お前に見つめられるのは、悪くないんだがな」

「え？」

思わず問いかけたリリィに、ダミュアンは別な質問を返した。

「明日の午後だ。何処《どこ》に迎《むか》えに行けばいい？」

次の日は結局、半日だけの仕事を探すわけにもいかず、孤児院の雑用をこなすことにした。

昼を過ぎたあたりで、ダミュアンが迎えに来た。

孤児院の前に公爵家《こうしゃくけ》の豪奢《ごうしゃ》な馬車が停《と》まったので、リリィは慌《あわ》てて乗り込む。もちろん、ダミュアンがしっかりとエスコートしてくれた。

服装はなんでもいいと言われたので、リリィはいつもの修道女姿である。そもそも、ダミュアンは普段のリリィの身なりに言及《げんきゅう》したことがない。関心がないのかと思いきや、先日のドレス姿は褒めてくれたので、まったくの無頓着《むとんちゃく》というわけでもないようだ。だからこそ、自分のあるがままを受け入れてもらっているようで、くすぐったい気持ちになる。

ダミュアンが連れて行ってくれたのは、王都の外れにある小高い丘《おか》の上だ。

一面に可憐《かれん》な花々が咲《さ》き誇《ほこ》っている。

物心ついた頃《ころ》から孤児院と仕事先の往復くらいしか出歩くことがないので、郊外《こうがい》にこんな場所があるなんて知らなかった。

「とても綺麗なところですね」

「デイベックに聞いた。あいつのお薦《すす》めなんて、ちょっと気に入らなかったが、お前のそんな顔を見られたから、満足だ」

そんな顔とは、どんな顔だろう。

リリィは、ふと自分の顔を触《さわ》って確かめてしまう。

「どうして誘ってくださったのですか」

「恋人はデートをするものだろう。それにお前との思い出が欲しかった。この前の庭園も、楽しかったから」

恋人との思い出？

金で買った恋人との思い出を作ろうとデートまでする変わり者など、ダミュアンくらいではないだろうか。

リリィはおかしくなってくすりと笑った。

そうか、あの庭園散歩が、ダミュアンも楽しかったのか。

そう思うと、ますます笑みが深まる。

「こうして積み重ねていけば、俺があの若造に勝つ日も来るだろう」

「思い出の量を？」

「そうだ」

したり顔で頷いたダミュアンは、妙《みょう》に自信に溢《あふ》れている。

孤児院の子どもが褒められたくて、得意げに主張してくるように。ちょっと可愛いと言ったら、ダミュアンは怒るだろうか。

リリィはほっこりした。

夜会の日、中庭でのダミュアンは心底不機嫌そうだったのに。そんなことを考えていたのかとわかれば、随分《ずいぶん》と——。

リリィは慌てて思考を止めて、口を動かした。

「ご機嫌ななめでしたが？」

「お前の愛を買ったのは俺で、契約は無期限だ」

「そうですね。公爵様のおっしゃるとおりです」

無期限と言われたが、それもダミュアンが飽《あ》きるまでだと聞いた。

それは無期限とは言わないのでは？

だがリリィが頷けば、彼も満足そうに首を動かした。

しばらく二人で並んで花畑を眺《なが》めて他愛《たわい》のない話をする。ダミュアンは仕事のこと、外国のこと、デイベックのこと。リリィも日銭《ひぜに》を稼ぐ仕事のこと、孤児院の子どもたちのこと、旬《しゅん》のとれたて食材のこと。

住む世界の異なる二人で、価値観も違うというのに、それはひどく穏やかで——。

リリィが驚くくらいに楽しい時間になったのだった。

「デートというのはいいものだな」

「こんなに仕事をさぼってしまったのは初めてなので、しばらくはおうちデートでお願いします」

「おうちデート？」

「同じ部屋でお茶を飲んでまったりしながら、一日のことを話すらしいですよ？」

セイガルドが恋人と家で二人きりで過ごすのも楽しいと語っていたはずだ。それなら、夕食のあとでもできるデートだ。彼は本当に妄想の彼女と楽しそうに過ごしている。

昼間に仕事を休むことなく日銭を稼ぐこともできるので、リリィ的にはありがたい。

「なるほど、それもデートか」

「はい」

聞きかじりだけれど、リリィは素直に頷いた。

そうして帰りの馬車の窓から景色を楽しんでいたリリィは、通りの雑踏《ざっとう》に紛《まぎ》れて歩く、孤児院危機の諸悪《しょあく》の根源《こんげん》、アンシムの姿を見かけたのだった。

移動中にちらりとだったため確信は持てなかったが、リリィはあれから気になって、昨日アンシムを見かけた王都の外れにやって来ていた。

あまり治安のいい場所ではないし、数人で捜《さが》しに来たらアンシムが気づいて逃げ出すかもしれないと考え、結局リリィ一人でだ。

二日も仕事を休んだのは初めてのことだけれど、ここでアンシムを野放《のばな》しにはできない。

ずっと孤児院出身者に頼《たの》んで、彼を捜し続けていたのだ。そちらからめぼしい情報はなかったというのに、こうしてリリィがあっさり見つけてしまったのは偶然《ぐうぜん》だろうか。

どことなく、嫌《いや》な予感がするのだ。

ざわつく胸を押さえてあたりを見回せば、通りを外れた林の中の小道を行くアンシムの姿を見つけた。

「アンシム！」

思わず呼《よ》びかければ、彼は大袈裟《おおげさ》に肩を震わせて立ち止まった。

孤児院を出て働きはじめてからの姿を知っているだけに、ずいぶんと疲《つか》れているように見える。

逃げようかどうしようか決めかねているような素振《そぶ》りに、リリィはなるべく優しく声をかけた。

「アンシム、久し振《ぶ》りね。ばったり会うなんて奇遇《きぐう》だわ」

「リリィ、なんでこの時間に、こんなところに……仕事の途中《とちゅう》とかなら、知らん顔しなきゃダメだよ」

気弱なアンシムらしい忠告に、そういう点は変わらないなと胸を撫で下ろす。

口下手で臆病者《おくびょうもの》。それがアンシムに対するリリィの正直な評価だ。むしろ賭け事《かごと》にはまって借金を作ったというほうが信じられない。

「用足しに出ても昔馴染《むかしなじ》みを見つけたら、声をかけたくなるでしょ。アンシムこそ、こんなところでどうしたの？」

にこにことリリィは笑顔《えがお》を浮かべる。看板女優デリール直伝《じきでん》の邪気《じゃき》のない笑顔である。

声音《こわね》を半オクターブ上げて話すのがポイントだ。

「ぼ、僕は……僕も仕事の最中で……」

「金物屋で細工師をしていたわよね。こんなところまで、お使いか何か？」

「そうなんだ。この先に届け物があって……」

アンシムが強張《こわば》っていた顔を綻《ほころ》ばせて大きく頷いた。

「そうなの。でも、それはおかしいわね。金物屋は先月辞《や》めたって聞いたわ。賭けに負けて多額の借金までして、危《あや》うく孤児院が潰《つぶ》されるところだったのよ？」

　リリィが冷静に突《つ》っ込めば、アンシムがひどく慌てたように叫んだ。

「え、なんでっ。借金は今の仕事を手伝えば無しにしてくれるって言われたのに⁉」

「そっちは私がなんとか返したわ。アンシム、貴方は賭け事に手を出すような人ではなかったわよね。もしかして騙されているんじゃない？　今、一体なんの仕事をしているの」

　孤児院の子どもたちを叱《しか》るにあたり、冷静に状況《じょうきょう》を説明し理詰《りづ》めでこんこんと追い込むのは鉄則だ。どんなに文句を言う子どもたちも最後は自分の非に気がついて謝ってくる。

　同じことをアンシムにしたところ、彼はぽろっと白状する。

「そ、それは……誰にも言わないって約束させられていて……」

「誰に？」

「…………」

「アンシムっ！　孤児院が危機に曝《さら》されたのよ。さあ、白状なさい」

　リリィが目を吊《つ》り上げれば、彼はひっとのけ反《ぞ》った。悪さをすれば孤児院の反省室へと連行され、滔々《とうとう》と始まる説教の記憶に。

　もちろん、説教を行っていたのはリリィである。

　年上といえども、容赦《ようしゃ》することのなかったリリィに、孤児院出身者は心の底から震《ふる》え上がった。

「ゲゼヤト……」

悪ガキ筆頭の名前が出てきて、リリィの目がますます吊り上がる。

「ゲゼヤトですって⁉　貴方、まだつるんでいたの」

ゲゼヤトとは、リリィの十ほど上の孤児院出身者である。

ちょうどリリィが孤児院の女監督官《かんとくかん》を追い出すと同時に、年齢《ねんれい》制限で、孤児院を出ている。

つまり、彼女が好き勝手していた頃の一番の被害者《ひがいしゃ》なのだ。

孤児院にいたときも女監督官からの折檻《せっかん》を受けるたびに、下の子どもたちを殴《なぐ》って憂《う》さを晴らすような男だった。孤児院を出たあとも、職を転々としてはあちこちでトラブルを起こしていたと聞いている。

そのゲゼヤトに子分のように従っていたのがアンシムだった。

孤児院を出た時期が違うから、てっきり縁《えん》は切れたと思っていたのに。

「金物屋で働いていたときにたまたま再会して、そのまま賭け事に連れていかれたんだ。そこからはあっという間に負けが込んで……勝てば簡単に返済できるって言われたんだよ。でも全然ダメで……そしたら、今の仕事を手伝うなら借金を肩代わりしてやるからって……」

あの莫大《ばくだい》な借金をゲゼヤトが返せるわけがない。

どう考えてもアンシムの弱みを握《にぎ》って、何かを手伝わせたかったのだろう。

そのために借金をでっち上げた疑いもある。現にリリィが負債《ふさい》を清算したというのに、アンシムはそのことを知らなかったのだから。

「怪《あや》しいわね。それで、今は何をやっているの？」

「…………」

「アンシム、黙《だま》っていたところで、いつかはバレるのはわかっているわよね」

孤児院の子どもたちの隠し事を暴《あば》くのは、リリィの得意とするところだ。とはいえ、嫌いな野菜を隣《となり》の子に押し付けたとか、廊下《ろうか》を水浸《みずびた》しにしたのは誰かといったささやかさで、今回のような大ごとは初めてではあるが。

魂《たましい》に刻み込まれているのか、アンシムは項垂《うなだ》れて渋々《しぶしぶ》リリィに答えた。

「わかってる、リリィに隠し事はできないね。今から行くところについてきて。きっと女性がいたほうがいいと思う」

「……」

ここで逃げ出されても困るし、リリィは黙って従うことにした。アンシムは通い慣れた足付きで、林の中の小道を進む。

すると、奥まった先に忽然《こつぜん》と廃屋《はいおく》が現れた。

苔《こけ》むした家の壁《かべ》一面に、蔦《つた》が這《は》う。割れた窓ガラスの向こうに見える部屋も荒《あ》れ果《は》てている。家具らしい家具はないが、物が散乱しているのは見て取れた。人が住まなくなってずいぶんと経《た》っているのだろう。

「こんなところに何があるの？」

「見ればわかるよ」

アンシムは玄関《げんかん》らしき扉《とびら》をくぐって、迷いなく家の中へと入っていく。

今にも崩《くず》れ落《お》ちそうな風情《ふぜい》にリリィはおっかなびっくり続く。

奥へ進めば、しっかりと施錠《せじょう》された部屋の前で立ち止まった。

アンシムは懐《ふところ》から鍵《かぎ》を取り出して、扉を開けた。

室内のソファのようなものが置いてある場所に、女性が寝かされている。豪奢《ごうしゃ》なドレスを纏《まと》い、髪《かみ》から靴《くつ》の先まで高貴さが伝わるほどに洗練されていた。

どう見ても、貴族女性の拉致監禁《らちかんきん》現場である。

「ふざっけんな、アンシム！　これはどう考えても犯罪でしょうがっ」

「え、いや、違うよ。人助けだって……」

「そんなわけないでしょ！」

リリィはひどく慌てるアンシムの頬を、握り拳《こぶし》を作って殴り飛ばした。

「だって、可哀《かわい》そうな境遇《きょうぐう》のお姫様《ひめさま》なんだよ。いつも夫に監視《かんし》されていて、逃げ場がないから助けてあげるべきだって……」

吹《ふ》っ飛んだアンシムは床《ゆか》に座り込みながら、頬を押さえつつもごもごと答えた。

だが怒《いか》れるリリィの勢いは止まらない。

「なんで、そんなことにアンシムが関わるの！」

「屋敷《やしき》の警備が厳重で、鍵を開ける必要があるからって……」

「あんたは金物細工師でしょうが！　いつの間に、鍵開けなんてできるようになったっていうのよ？」

「僕、器用だから、さ？」

「自慢になるか——っ!!」

リリィはもう一発アンシムに鉄拳《てっけん》をお見舞《みま》いした。

「す、凄いわね……」

リリィは急に横から聞こえてきた声にぎょっとした。

いつの間にか女性が起き上がって、こちらを驚いたように見つめている。

とんでもなく綺麗な人であることはわかる。

アンシムも姫と言うくらいなのだから、相当高貴な身分だろう。

だが、彼女の表情からは嫌悪《けんお》などの悪感情が見つからない。

怖がったり怯えている様子もなく、ただこの状況に驚いているだけだ。

リリィはできるだけ冷静にと己に言い聞かせながら、声をかけた。

「すみません、何かの手違《てちが》いでこちらにお連れしてしまったようです。すぐにおうちに送りますので」

「ええと、貴女《あなた》は修道女なのかしら……？」

女性はリリィの服装を見て、そう思ったようだ。

「リリィ、勝手なことをしたらゲゼヤトに怒られるよ」

後ろからアンシムが弱々しく声をかけてくる。

「アンシム、いい加減にしなさい。お貴族様の誘拐《ゆうかい》だなんて、どう考えても死刑《しけい》よ。ゲゼヤトに怒られるくらいですむわけがないでしょうっ」

「リリィ……って、貴女まさか、あの噂《うわさ》の『慈愛の修道女』様？」

女性はリリィを知っていたらしい。

貴族の間で取り沙汰《ざた》されているようだから、そのこと自体は特に驚かない。

だが女性は、そうと知ると途端に顔を青ざめさせたのだ。

「なんてこと。ダミュアンのお姫様じゃないの……」

間章　傲慢公爵の初恋

王城の庭園に設けられたテーブルで、午後の茶会が開催《かいさい》された。

ダミュアンの元にその招待状が届いたのはつい昨日《きのう》のことだ。

外国から帰ってきたばかりで、仕事が山積みの忙《いそが》しさではあるものの、ダミュアンに拒《きょ》否《ひ》権《けん》はない。だから仕方なくこうしてやって来たわけだが、やはり帰りたいと早々に思う。

「え、お前、それは本気なの？」

ソジトが思わず声をあげたので、ダミュアンも黙《だま》る。

本気かと言われると、そのとおりだったので頷《うなず》いたわけだが。

すると、ソジトは絶句した。幼馴染《おさななじ》みで、それなりに信頼《しんらい》している相手である。ダミュアンにしては珍《めずら》しく損得勘定《そんとくかんじょう》抜《ぬ》きで付き合える相手でもあった。

「ほら、驚《おどろ》くでしょう。もっと言ってやってちょうだい」

同じテーブルに着いていた女性が優雅《ゆうが》にお茶の入ったカップを受け皿に戻《もど》して短く息を吐《は》いた。

時間に遅《おく》れて現れたソジトは、ダミュアンが彼女に話した内容を聞いて目を剝《む》いたところだ。

そして先ほどの驚愕《きょうがく》に繫《つな》がる。

「ようやく帰国したから、こうして呼び出してみれば……貴方《あなた》もそろそろ素敵《すてき》な恋人《こいびと》が必要じゃない？　と聞いただけよ。なのになぜ、そんなことになっちゃうの？」

彼女は現在、この国一の高貴な女性である。だというのに、ざっくばらんな性格で、一言で言うなら奔放《ほんぽう》だ。

ダミュアンはひたすらに黙るしかない。

数多《あまた》の商談を成功させてきたダミュアンではあるが、昔から口で勝てない相手というのはいるものである。

「まあ、なんか考えがあるんだよな？」

「いや、これからじっくり調査するつもりだ」

「調査とか言っちゃうし……そんな相手本当に見つかるのかしら？」

ソジトがなんとかフォローに回ってくれたが、ダミュアンの回答は彼女の機嫌《きげん》を損《そこ》ねたらしい。

この国一番の貴婦人――王妃《おうひ》カプラシルはくっきりと眉間《みけん》に皺《しわ》を刻んで、ねめつけてくる。

「せっかく私が貴方の初恋物語《はつこいものがたり》を演出して、余計な女を寄せ付けないでおいてあげたのに。どうしてあさってな方向に行っちゃうのよ」

「いや、あれはお前も悪い」

答えないダミュアンの代わりに、ソジトが苦い声で吐き捨《す》てた。

ちなみに古馴染みの三人なので、このお茶会では敬意を払《はら》う必要はなく、きっちりと人払いをしている。

妻を溺愛《できあい》している嫉妬深《しっとぶか》い兄がどこかで見張っているかもしれないが、表立って注意を受けることはないだろう。ダミュアンは彼女にこれっぽっちも気がないことは力説しているし、何より自分には、愛を買いたい相手ができたのだから。

「ソジト、私が、なんですって？」

「その初恋物語のせいで、失恋《しつれん》を癒《い》やしてあげるって肉食系のレディがわんさかダミュアンに群がった。城を追い出されてすぐに外国に行って一財産築いたあとの夜会だったから、その猛追《もうつい》はもう凄《すさ》まじいものだった。おかげでダミュアンは女嫌《おんなぎら》いになった。そしてまた外国に逃《に》げた。なんでか、さらに一財産築いて戻ってきたが」

代弁してくれたソジトに感謝の念を送るが、彼女は己《おのれ》の何が悪いのかさっぱり理解できないらしい。しかし市井《しせい》にまで流布《るふ》するほど真実ではないない失恋話を広めてくれた彼女に、ダミュアンは軽く殺意を抱《いだ》いても許されると思うのだ。

「あら、そうなの……私その頃懐妊《ころかいにん》していたから、伝説の夜会には出ていなくて詳細《しょうさい》を知らないのよね」

「……伝説の夜会？」

ダミュアンはなんだか頭の痛くなるような単語を聞いた。

実際に、あのときの夜会を思い出すと頭痛だけでなく気分が悪くなるし、眩暈《めまい》もする。

「お前の計画はいつも詰《つ》めが甘い。それで、大ごとになるんだ。いい加減自覚しろ」

「あら、城では王妃様のご提案は素晴《すば》らしいと言われているわよ？」

「その提案が実際に可決されて施行《しこう》されたところまで行ってから言え」

「だって。あとはこちらで練り直しますねって流れで手が離《はな》れてしまうのだもの。発起人《ほっきにん》は私なのだから、いいじゃない」

「それ絶対原形留《とど》めてない。むしろ使われていない」

「なんですって⁉」

ソジトとカプラシルが言い合いをしているのを無言で見つめる。

ダミュアンの恋人計画の話はひとまず終了《しゅうりょう》ということでいいだろうか。

「まあ、いいわ。それで貴方のことだから、目星はついているのでしょう？」

全然終わっていなかった。

話が最初に戻ったので、ダミュアンはおとなしく首肯《しゅこう》する。

「ふうん、どんな娘《こ》なの？」

「慈悲深《じひぶか》い。献身的《けんしんてき》で自己犠牲《ぎせい》に富んでいて万人《ばんにん》に慈愛《じあい》の眼差《まなざ》しを向ける博愛主義者。神に仕える修道女で、戒律《かいりつ》に厳しく模範的《もはんてき》だ。巷《ちまた》では『救済の乙女《おとめ》』の再来と呼ばれている」

「修道女って、ダミュアン、本気なの。それ絶対、騙《だま》されてるわよ⁉」

目を白黒させて驚いている彼女の横で、ソジトが俺も噂《うわさ》だけは聞いたことがある、と口を挟《はさ》む。

「どこまで本当かは知らないが、『慈愛の修道女』様だろ。お前、そんな娘に目をつけたのか？」

目をつけたと言われれば、素直《すなお》に頷くしかない。

噂を拾ってきたのは秘書だが、ダミュアンが提示した条件に合致《がっち》したのは確かなのだから。

「ああ、あのウラウス伯《はく》が支援《しえん》しているとかの孤児院《こじいん》の修道女でしょう……あれ、でも若くない？　ダミュアンいくつになったんだっけ。年の差があるんじゃないの？」

「二十二だ。彼女は十五」

「若い！　成人前じゃないの。犯罪は駄目《だめ》よ」

王国法で未成年は保護されている。

だから未成年は婚姻《こんいん》はもとより正規の職業に就《つ》くことができず、日雇《ひやと》いのような労働ばかりさせられているのが現状ではあるが、建前では禁止なのだ。

カプラシルは憂《うれ》いを込めて息を吐いた。

「今の未成年保護法は抜け穴が多いのよね。非正規であれば働けるから、多くの子どもたちが低い賃金で重労働をさせられているもの。可哀そうだわ」

非難めいた視線を向けられたが、ダミュアンは自信たっぷりに胸を張る。

「一年調査して、条件を満たせば向こうの言い値で買うつもりだ。そのときは彼女も、十六だ。なんの問題もない」

「いや、そんな商談みたいな……」

「立派な商談だ」

きっぱりとダミュアンが告げれば、カプラシルは眉根《まゆね》を寄せた。

「恋人でしょ？　好きな人のことよ？　どこにも商談の要素ないから。本当になんで、そんなことになっちゃったの？」

「だから、お前の計画のせいだって。かなりあの夜会は酷《ひど》かったんだ。本当に自覚してくれ」

憐《あわ》れんだようなカプラシルの視線を受けて、ソジトが苦々しく告げる。

「えっと、それは私が悪いの……？」

「だから、さっきから反省しろって言ってるだろうが！」

「だって、こんなことになるだなんて思わなかったし！　なんかダミュアンにもいい相手が見つかればと思ったんだもの」

怒ったソジトに対して、カプラシルは悪びれない。良かれと思った行動だからだろう。

「詰めが甘いと何度も言わすな」

「ええー、ごめんなさい！」

だがさらにソジトから責《せ》められて、彼女も反省したようだ。けれどダミュアンは首を横に振る。

「別にいい。気にしていない」

「どうせすべて金で解決するから問題ないとか考えているんだろう。まったく一つもよくないからな。とにかく、修道女を金で買うなんて俺は反対だから！」

「私もあんまり噂を鵜呑《うの》みにしないほうがいいと思うわ」

「これから金をかけてじっくり調査するんだから大丈夫《だいじょうぶ》だ」

「「……」」

顔を見合わせて黙り込んだ二人に、ダミュアンは満足した。

この年上の幼馴染みたちは昔から過保護だ。

ダミュアンは立派に成人して富も権力も十分得ている大人である。人生経験もそれなりに積んでいる。何を心配することがあるのか。

もちろん、二人が気を揉《も》んでいるのはダミュアンが純粋《じゅんすい》だからである。

傲慢《ごうまん》な考え方や物言いはあるものの、彼は生来素直《せいらい》な人間だった。

だからこそ、『この世の中で最上級の愛を買う』と言い出した本気度も十分に理解していたのだ。


「いやはや、凄《すご》い経歴ですね……」

ダミュアンの秘書であるデイベックが、感嘆《かんたん》の息を吐いた。

書類の束を眺《なが》めて、最初の一言である。

「あらゆる技能を身につけて……それで、これ、なんの調査でしたっけ？」

「俺が愛を買う予定の相手の身辺や素行《そこう》だ」

「ですよね、恋人候補ですよね。でもこれ、どう考えても面接のときに使う書類ですよ。ずらっとこれまでの職歴が一覧表になっていて。どこに甘い雰囲気《ふんいき》ありますか？　まだ巷の浮気《うわき》調査のほうが、愛に溢《あふ》れてますよ！」

デイベックが頭を抱《かか》えて呻《うめ》いている。

だが、ダミュアンは報告にあった彼女の一日の行動書だけで満足だった。

「朝早くから孤児院の子どもたちの面倒《めんどう》を見て、日中は働きに出て、買い物をすませて孤児院に帰っても夕食づくり。終われば日誌の作成と帳簿《ちょうぼ》つけ。これで献身的じゃないと俺に言わせるつもりか？」

彼女は朝から晩まで働き詰《づ》めだ。

得た収入は孤児院の子どもたちにすべて費《つい》やしていて、一切《いっさい》彼女自身で使わない。それは彼女の身なりからして明らかだ。

粗末な修道服姿以外の彼女を見たという人は、どこにもいないのだから。

「確かに噂以上に献身的で博愛者ですね。まさに『慈愛の修道女』様です。子どもたちへの深い愛情が伝わってきますよ。ただ、ちょいちょい出てくるこのウラウス伯爵《はくしゃく》との関係はなんですかね？」

「孤児院の支援者と書かれているが？」

「その割には頻繁《ひんぱん》に名前が挙《あ》がってきますが」

「孤児院の面倒を見ているんじゃないのか。そういう人間が一人くらいいないと、彼女が倒《たお》れるぞ」

「そうですね。明らかに働きすぎです。我が国でこの労働時間だと処罰《しょばつ》されるレベルですよ。セイリジン王国が寛容《かんよう》でよかったですね」

「それは嫌味《いやみ》か」

デイベックは他国の生まれなので、この国の労働制度には懐疑的《かいぎてき》だ。

確かにダミュアンも外国に行って初めて、自国がおかしいということに気がついた。中にいるとわからないものである。

「私は子どもを働かせることに反対です。少なくとも彼女は未成年であるうちから、これだけの仕事量をこなしてきた。はっきり言って異常ですよ。周囲の大人たちは何をしていたのかと糾弾《きゅうだん》したくなる」

デイベックは外国で仕事をしていたときに出会った男だ。

意気投合して秘書という職に就いてからは、ずっとダミュアンを気遣《きづか》ってくれている。

当時のダミュアンが成人前だったことも大きい。

彼は保護するつもりだったのだろうが、一番初めに手がけた事業を成功させてあっという間に財を築いた自分の、今では財産管理人のような立場にもなっている。もちろん、秘書も続けてもらっているが。

「しかし、この経歴を見ると只者《ただもの》ではありませんね。ウラウス伯爵家で受けた相当な教育を孤児院の子どもたちに還元《かんげん》し、読み書きだけでなく算術まで教えている」

「彼女は愛を買わせてくれるだろうか……」

デイベックの言葉に、ダミュアンは少し不安になった。

「これだけの激務をこなしながらも、擦《す》れたところがない……まさに『慈愛の修道女』ですね。となれば、愛を買うという行為《こうい》自体を忌避《きひ》を示す懸念《けねん》があります。長期戦を見越《みこ》して接触《せっしょく》してみてはいかがでしょうか。公爵様の経歴があれば、同情くらいは買えるのではありませんか？　なんせ孤児院の子どもたちと張れるくらいには、不幸自慢《じまん》できるじゃないですか」

「不幸自慢……？」

そんなことをするつもりはないが、彼女の元で過ごす孤児院の生活は幸せだろうと思われた。

羨《うらや》ましい。

だからこそ、絶対に手に入れたい。彼女の愛を買わせてほしい。

まだ出会わぬ少女に、すっかりダミュアンは恋焦《こいこ》がれるのだった。

ダミュアンがこのように、最上級の愛が欲《ほ》しいと考えるようになったのは、義母である王妃とカプラシルが原因だ。

王妃は、父王と恋愛結婚《れんあいけっこん》したらしい。けれど王は浮気をした。だから浮気相手が生んだダミュアンを殺したいほどに憎《にく》んだ。

そしてカプラシルは、ずっとダミュアンの兄に夢中だった。はっきり言って、相当に趣《しゅ》味《み》が悪い。ソジトと二人で何度も諫《いさ》めたものだが、それだけであればダミュアンも恋愛について、ここまで拗《こじ》らせることはなかっただろう。

彼女は恋に障害はつきものだとか嘯《うそぶ》いて、悲劇のヒロインよろしく酔《よ》っていた。カプラシルがダミュアンと仲良くなったきっかけも、兄だ。兄のやきもちを見てみたかったとかいうふざけた理由に巻き込まれたのである。

そのときのダミュアンは兄がなぜ自分を嫌《きら》っているのかわからなかった。すべてを持っているのは兄であるのに、何も持たない弟の何処《どこ》が気に入らないのだろうと不思議に思っていたものだ。

ダミュアンに構うカプラシルを見て、さらなる嫉妬《しっと》に駆《か》られる兄の姿に、彼女はダミュアンの傍《そば》からますます離れなくなった。

迷惑《めいわく》以外の何ものでもない。

恋は駄目だ、と幼いダミュアンは理解した。

二人だけで完結しているのに、勝手に周囲を巻き込んで複雑化してしまう。それは恋をした者が、とにかく周りのことなど見えていなくて、自分たちの世界に酔っているからだ。

しかも王妃や兄の嫉妬は物理的に危険でもある。

時には暗殺者まで寄越《よこ》してくるのだ。

それをカプラシルの家の者が彼女の命令でダミュアンを守ってくれるので、ますます兄に誤解される。ソジトに頼《たの》んで、彼にもたくさん助けてもらっていたが、なぜか兄の嫉妬は収まることがない。

辟易《へきえき》して何度も王城から出奔《しゅっぽん》しようと考えた。

だが、まだ成人していないダミュアンに力はない。父は母を知らないダミュアンをことさら手元に置きたがった。そのため、窮屈《きゅうくつ》な王城で、過ごすしかなかった。

ようやく自由になれたのは、父王が崩御《ほうぎょ》した十三のときだ。

突然《とつぜん》病《やまい》に倒れ、帰らぬ人となった父王の代わりに兄が即位《そくい》した。彼はその権力でもって、カプラシル・エイレンベール公爵令嬢《れいじょう》を妃《きさき》にしたのだ。

一方的で、強引《ごういん》なやり方だ。

周囲の反発はそれなりにあったが、それはダミュアンに好意的な貴族たちの間にだけで、兄の周囲はとても喜んだ。

そして、中でも一番喜んだのはカプラシル張本人である。

熱烈《ねつれつ》に嫉妬してもらいながら、奪《うば》われるように長年の想《おも》い人のものになったのだから。

相当熱い告白を受けたらしい。

ダミュアンは勝手にしろとしか思わなかったが、自分が巻き込まれたことで一緒《いっしょ》に被害《ひがい》を受けてきたソジトの怒《いか》りは凄まじかった。特にダミュアンが傷つけられたときには手がつけられなかったほどだ。

かくして、兄はカプラシルを手に入れ弟への長年の鬱積《うっせき》した感情を晴らしたらしい。人が変わったようにこれからどうしたいかと聞かれたので、王位継承権《けいしょうけん》の放棄《ほうき》を願い出た。

ついでに外国で働きたいと伝える。

一応、現時点で跡継《あとつ》ぎがいないのは問題であるとして王位継承権は放棄できなかったが、実体のない公爵の肩書《かたが》きだけ貰《もら》って、出国した。

兄の手のひら返しが突然すぎたこと、ダミュアンがすぐに国を出たことで、世間では兄王が弟を追い出したと噂が広まったと後からソジトに聞いた。兄がそれで困ろうが、そんなことはダミュアンにはまったく関係ないことなので放置した。

自由気ままな外国暮らしは刺激《しげき》になった。商売は楽しく、取引先で出会ったデイベックと二人でどんどん資産を増やしていった。

そうして、忘れた頃《ころ》に一度顔を見せに来ないかと兄から連絡《れんらく》が来た。

今思えば、カプラシルが身ごもったから、惚気《のろけ》たかったのだろう。兄は自分の幸福を見せびらかしたかったに違《ちが》いない。そんな思惑《おもわく》に気づかず軽い気持ちで戻って参加した夜会で、ダミュアンは地獄《じごく》を見た。

恋はとても厄介《やっかい》だ。特に一方的な想いは本当に手に負えない。

いや、あれは実際、恋と呼べるものなのか？

飢えた肉食獣《にくしょくじゅう》たちが牙《きば》を剝《む》き、憐れな獲物《えもの》にぎらぎらと狙《ねら》いを定めて群がってくる。互《たが》いにけん制し合い、その上火傷《やけど》しそうなくらいの熱を向けてくる。息も苦しいほどに、会場で欲望が渦《うず》を巻いていた。

誰《だれ》もダミュアンの言葉など聞いていなかった。

誰もダミュアンなど見ていなかった。

兄王の妃に淡《あわ》い憧れを抱いた幼い王弟が、失恋の傷も癒《い》えぬまま戻ってきたという、幻《げん》想《そう》をただ押しつけられたのだ。

何処にそんな男がいるのか。

全身全霊《ぜんしんぜんれい》で叫《さけ》びたくなった。

刮目《かつもく》しろと言ってやりたい。

ソジトがなんとか体を張って逃がしてくれなければ、ダミュアンはトラウマで二度と人前には立てなかっただろう。

そのまま外国に逃げた。

その日から恋には、絶望した。

むしろ、恐怖《きょうふ》しか感じなかった。

だから、愛が欲しくなった。

デイベックが昔から、愛はいいものだと言っていたからだ。

恋人への愛など知らないが、ソジトの友愛には感謝している。

何も持たないダミュアンについてきてくれた執事《しつじ》のファレスの敬愛もありがたい。

だから、ダミュアンは愛なら信じられる気がした。そのときから自分に相応《ふさわ》しい愛はなんだろうと考え始めた。

そして、ダミュアンなりの結論に達したのだ。

この国一と呼ばれるほどの財力を持つダミュアンであれば、きっとこの世の中と言わずとも、この国で最上級の愛を買うことができるのではないか、と。

そうして、条件を元に探し出した少女は──可憐《かれん》だった。

くたびれた修道女の身なりなど、少しも気にならなかった。

柔《やわ》らかそうなふわふわとした髪《かみ》は触《さわ》りたくなるし、愛に溢れたような桃色《ももいろ》の瞳《ひとみ》は優《やさ》しげでいつまでも見つめていたくなる。肖像画《しょうぞうが》も描かせて、こっそりと眺めるのが日々の楽しみになったほどだ。そうして少女を見つめ続けて一年。

ようやく彼女が十六になったので、仕事斡旋所《あっせんじょ》経由で呼び寄せた。居心地《いごこち》悪《わる》そうにソファに座る彼女に、長く温めていた計画をひどく心待ちにした気持ちのまま話しだせば、デイベックに遮《さえぎ》られる。

むっとしたが、無事にリリィと愛の売買契約《けいやく》を交《か》わすことができた。

これで、ダミュアンは最上級の愛を手に入れることができたのだ。

とても満足した。

大きな商談が成功したような達成感に酔《よ》い、その日は幸福に包まれて眠《ねむ》った。いつもの浅い眠りになんとかしがみつく。

眠るのは苦手だ。だが一度寝入《ねい》ってしまえば起きることはもっと苦手だ。不快感しかない。

だというのに、その声はすんなりと耳に届いた。

「おはようございます、ダミュアン様」

起床《きしょう》を促《うなが》す声音《こわね》に、ダミュアンは顔を顰《しか》めてしまう。

朝は特に不機嫌《ふきげん》な主《あるじ》を使用人たちは知っているはずなのに、何かの緊急《きんきゅう》事態だろうか。

夢うつつのまま、なんだと言葉を絞《しぼ》り出《だ》した。

実際に声が出ていたかどうかは定《さだ》かではない。

すると、不意に髪に口づけられる感触《かんしょく》がした。

驚いた。自分の髪にそんなふうに唇を寄せてくれた者など人生で一人もいない。

そのまま、優しい声は囁《ささや》いた。

「愛《いと》しい貴方はお寝坊《ねぼう》さんなのですね。とても可愛《かわい》いですから、このまま寝《ね》かせてあげます。おやすみなさい、ダミュアン様」

無理やり起こされない。お寝坊さんは可愛いと言われた。

思わず聞き入ってしまい、ではなぜ起こしたのかと疑問を持つ前に、おやすみと告げられた温かさにたまらなく心が震《ふる》えた。

恋にはない、優しさがある。

愛は素晴らしい。

とても満ち足りた気持ちになりながら、ダミュアンは続きを待った。——次の瞬間《しゅんかん》にはもう、幻《まぼろし》のごとくその姿は消えていたけれど。

せっかくリリィと初めての夕食を共にできると楽しみに仕事を片付けて帰ってきた夜、やって来たのはソジトだった。

あの桃色の瞳を見つめて、ふんわりとした髪を愛《め》で、小づくりで可愛い顔立ちを余すところなく眺めるはずの楽しい夕食の時間がごつい男に取って代わられたときの絶望といったら……。

丸い頰《ほお》を膨《ふく》らませて食事を楽しむ彼女は悶《もだ》えるほどに愛らしいに違いないとわくわくしていたのに。

食欲は失《う》せたけれど、仕方なく早目の夕食にする。約束はなかったが、ソジトの頭の中には無下《むげ》にされるという概念《がいねん》がない。というか、ダミュアンがいなくても勝手に夕食を食べて帰っていくほどの傍若無人《ぼうじゃくぶじん》さであるので。

食事中、ソジトが不思議そうに問うてきた。

「なんで、そんなに不機嫌なんだよ」

「お前、結局、この前言っていた愛は買えたのか？」

多忙な騎士《きし》団長がわざわざ足を運んでまで聞くことだろうか。

それだけ心配をかけているのかもしれない。そう思い直して、ダミュアンは正直に答えた。

「昨日買った」

「昨日!? なんだよ、報告しろ」

「なぜだ？」

「そりゃ気になるだろ。あいつも心配してたぞ」

カプラシルは自分のせいで、ダミュアンが恋人を金で買ったと責任を感じているのだろう。反省などしてくれなくてもいい。

恋が怖《こわ》いと知れたのだ。それだけで、ダミュアンは満足である。

しかもリリィから与《あた》えられる愛は素晴らしい。なんだか温かくて、幸せになれる。デイベックの言うとおりだった。

「気にするな、と伝えてくれ。あ、いや、そうだ。お前に聞きたいことがあったんだ」

「なんだよ、珍しいな」

今日、リリィの予定を聞きに孤児院に行ってみたのだ。古い建物だが、清潔で手入れが
「別に」

行き届いていた。子どもたちもきちっとしていて、ダミュアンに丁寧《ていねい》に対応してくれた。

ただダミュアンが己の身分を名乗ってリリィを捜していると伝えた途端《とたん》に、その態度は豹変《ひょうへん》した。

リリィを返せと泣き、喚《わめ》き、怒《おこ》ってきたのだ。

リリィとは契約であり対価を払っている。つまり、雇用主として当然の権利なのだが、駄々《だだ》っ子相手に何を言ったところで勝てる気はしなかった。

ミトアと名乗った年長の少女だけが、仕事斡旋所に聞かなければリリィの居場所はわからないと教えてくれた。そして、確かめるようにダミュアンを見つめてきた。

まだ幼いながらも理知的な眼差《まなざ》しは、躊躇《ためら》いがちに揺《ゆ》れている。ダミュアンは思わず立ち止まって少女の瞳を見つめ返した。

『リリィ姉《ねえ》は、ずっと私たちを守ってくれました。自分のことはすべて後回しにして、本当に一生懸命《いっしょうけんめい》に。でも、リリィ姉を守る人はいないんです。ううん、守りたいと思っても守らせてくれないんです。貴方なら、できますか？』

ダミュアンの噂を知って、それでも自分の思惑を見抜こうとしてくる聡明《そうめい》さに、知らず頷いていた。それを受け、彼女はなぜか複雑そうな顔をしたが。結局、騒《さわ》ぐ子どもたちを引き連れて立ち去ってしまった。

「ソジト、恋人を守るって、具体的にはどういうことをすればいいんだ？」

「そりゃ、他人からの攻撃《こうげき》に対して体だけじゃなく、心も守るってことだろ。俺たち、騎士の仕事が近いかもな。お前だって見たことあるだろ」

考え込んだダミュアンに、ソジトが首を傾《かし》げた。

「いや、それは場合によるか。実際のところはなんともいえないな……」

食事をしながら、ソジトが唸《うな》る。

器用なものだと感心していれば、執事がダミュアンにリリィの帰邸を知らせた。

彼女も夕食にしてほしいと伝える。それを聞きつけたソジトの反応は早かった。

「は？　ここにいるのか」

「ああ。恋人とは一緒に暮らすものだろう」

「それはどこの国の話だ。少なくとも我が国では聞かないぞ」

「そうなのか？」

デイベックがそうだと言っていたので、深く考えずに一緒に住む契約にしてしまった。普通《ふつう》はあり得ないのだなと学ぶ。

きっとデイベックは外国人だから、この国の習慣を知らなかったのだろう。自分も幼い頃に渡航《とこう》して、恋人など持ったことがないから、そんな常識は知らなかった。

だがダミュアンとしては一緒に住むことに不都合はない。朝になればまた彼女が起こしに来てくれるのだ。それは心が躍《おど》る。

　想像して愉快《ゆかい》な気分になっていると、ソジトがじとりとした視線を寄越《よこ》した。

「何、よからぬことを考えてるんだ？」

「よからぬことなんて考えてない。ただ……朝は彼女が起こしに来てくれるんだ」

「はあ？」

「恋人と一緒に住んでいるなら当然なのだろう。それに――いや、なんでもない」

「言いかけてやめるなよ。起こしに来てくれるってだけでも驚いた。お前の寝穢《いぎたな》さを知っている身としてはなあ……それ以上の話か？　早く言え。気になるだろう」

「秘密なんだ」

「いや、可愛い言い方されても……いい年した男の秘密とか別に暴きたくないけどよ。あいつには見てこいって言われてるんだ」

「見てこい？」

　その言葉に嫌《いや》な予感を覚えれば、ソジトはおもむろに立ち上がってちょっと席を外すと言い置く。

　そのまま部屋を出ていくからダミュアンは嫌な予感がして慌《あわ》てて後を追ったのだった。

「しょっちゅう呼び出すのはやめてくれないか」

ダミュアンはまた王城の中庭でカプラシルの前にいた。

テーブルには茶会の用意がされているが、席は二つ。

ソジトの姿はない。なぜかダミュアンだけを招いたらしい。これは兄の嫉妬を煽《あお》るのではないかと一抹《いちまつ》の不安を覚えた。けれど、何より度々《たびたび》呼びつけられる理由がわからない。

彼女を喜ばせるような話題の提供など、ダミュアンには一つもないのだから。

「だって、ソジトがなんだか面白《おもしろ》いことになっているって言うんだもの。私も楽しみたいわ」

「俺で遊ぶのはやめてくれ」

心底うんざりして告げれば、カプラシルは心外と悲しそうな顔をする。

あくまでも表情だけで、実際には少しも堪《こた》えていないのは長い付き合いなのでお見通しだ。ダミュアンは彼女が退屈《たいくつ》しているだけだと理解している。僅《わず》かに自分を気遣《きづか》う心もあるだろうが、カプラシルは恋に生きる女である。身内の恋話に飢《う》えているのはわかっていた。ソジトにだっていい相手を取り持っては、定期的に進展を聞いているのをダミュアンは知っている。

「あら、そんなことないのよ。心配しているのは本当。ダミュアンが骨抜《ほねぬ》きにされているって聞いたから」

そう言って、優雅にカップに口をつけた。

「リリィは可愛い」

ダミュアンは大真面目に答えたというのに、カプラシルは飲んでいた茶を喉に詰まらせたらしく、盛大《せいだい》に噎《む》せた。

げほっと何度か咳き込んで涙目《なみだめ》で、ダミュアンを見つめる。

「な、なんですって？」

「リリィは可愛いと言ったんだ。おはようと起こしてくれる。おやすみと頭を撫でてくれる。お帰りなさいと口づけをくれる。格好良いと褒《ほ》めてくれる。恋人というのはいいものだ。可愛くて愛しい。その上、いい匂《にお》いがするし、柔らかくて温かい」

「え、もう手を出したの？」

「金で買った俺のものだ。俺の好きにして何が悪い？」

「相手は成人したばかりでしょう⁉　もっと段階を踏《ふ》みなさいよ」

「段階？」

よくわからないが、恋人というものは何か規則があるらしい。

一緒に住むだけではだめなのか。

ダミュアンは割と満ち足りているのだが、もしかしたらリリィは不満に思うことがあるのかもしれない。

「ソジトの家の夜会に連れて行ったそうね。ずいぶんと貴方の溺愛が噂になっていたらしいわよ」

「愛を買ったんだ。俺が愛するのは当然だろう」

「はあ、なんでそんなにお金を妄信《もうしん》するようになっちゃったんだか……愛がお金で買えると信じているあたり心底理解できないけれど、まあ、いいわ。それより、ちゃんと贈り物《おくもの》したり、デートしたりしているのでしょうね」

「デート……？」

贈り物はその夜会のためにドレス一式をプレゼントしている。

リリィはとても喜んでくれた。それを着た彼女はもちろん可愛かった。普段《ふだん》の格好でも十分だけれど、着飾《きかざ》ったリリィもどちらも愛《め》でられる。

だが、デートとはなんだろうと首を傾げる。

「一緒にどこかに出かけたのかと聞いているのよ」

「夜会に行った」

「そうじゃなくて、街に買い物に行ったり食事をしたりとかよ」

「夕食は一緒に食べている。きちんと契約書に明記したからな」

「だから、なんで商談のように語るの？　顔は蕩《とろ》けるように緩《ゆる》みっぱなしのくせに、どういう情緒《じょうちょ》なのかしら」

「顔……」

どうやらカプラシル相手だと、リリィの話で普通ににやけているらしい。

リリィの前だとだらしのない顔は見せられないので、いつも気を引き締《し》めているのだが、やたらとリリィに怒っているのかと聞かれていた。

「俺の顔は問題だろうか」

「問題といえば問題かも。いい年した男が年下の少女に振り回されているのは滑稽《こっけい》よね。恋人が可愛くて仕方ないって顔に書いてあるわ。あれでしょ、彼女をお姫様《ひめさま》みたいに扱《あつか》って、下僕《げぼく》のように恭《うやうや》しく傅《かしず》いているんでしょう。でもそれだけじゃ捨てられるわよ。だから彼女を喜ばせるためにデートしろって言ってるんじゃない」

頭痛を堪《こら》えるように、カプラシルはつっけんどんに答える。

「デートをすれば喜ぶものか？」

「普通の恋人ならデートくらいはするものよ。貴族の婚約者《こんやくしゃ》同士でも、二人でどこかに遊びに行くでしょう？　貴方たちの場合はそれ以前の問題だとは思うけれど、恋人同士なら当たり前のことを積み重ねて関係を築き上げていくのも大切よ」

衝撃を受けたダミュアンはそこからカプラシルとどんな会話をしたのか覚えていない。

だというのに、カプラシルの茶会を辞した途端に、扉の陰《かげ》に控《ひか》えていた近衛《このえ》に止められた。

次は兄がお呼びらしい。

今日は一体なんの厄日《やくび》だろうとうんざりしたが、仕方なくダミュアンは近衛の案内に従って兄の執務室《しつむしつ》へと向かう。

部屋に入れば、兄は書類をさばいていたが、ダミュアンがやって来た途端に、険しい表情で問いかけてくる。

「お前、私の妻に色目を使ったのか？　気はないと言ったことを信じていたのに。いつの間にあんな顔をしてカプラシルを見つめるようになったんだ」

兄はひたすら、猜疑心《さいぎしん》に満ちた目を向けてきた。

大方、さっきのお茶会をどこかで覗《のぞ》いていたのだろう。

相変わらず狭量《きょうりょう》な男である。こんな男のどこがいいのか、ダミュアンにはさっぱりわからない。

だが、よく考えればこの前の夜会でダミュアンはリリィの元恋人に遭遇《そうぐう》した。もしかしてあのときの不快な気持ちを兄が自分に向けているのかと思えば、なんとなく同情心が湧《わ》く。

リリィがなんでもないと言ってくれたから、ダミュアンの心は落ち着いたのだ。以降、リリィはあの若造の話はしないし、調査期間中も接触はなかったと確認《かくにん》が取れている。

つまり終わった話なのだ。

だがカプラシルは結婚《けっこん》したあともダミュアンに構って、こうして二人きりの茶会を設けたりする。

兄が心配するのも仕方がないと、今なら素直に思えた。

「待て、それは誤解だ。ただリリィの話をしていただけだ」

「リリィ？　お前が買った恋人か」

「ああ。リリィが可愛いと話していただけだ」

ダミュアンは兄に向かって、堂々と宣言した。

リリィを思い出してほんのり頰を緩めるダミュアンの顔を見て、疑わしそうにしていた兄は瞠目《どうもく》した。

「お前、修道女を金で買ったんだろう？」

「欲しいものを買うのは当然だろう」

兄弟は向かい合って、お互いに不思議そうに首を傾げる。

こうして見ると、兄とは腹違《はらちが》いだが、どこか似通《にかよ》ったところもあるのだなと実感した。

同じスターライトを孕《はら》む瞳だからか。

「いや、一般的《いっぱんてき》に愛は金で買わないだろう。金で買うような愛は偽物《にせもの》だ」

「それは道理がおかしい。欲しいものは金で買うのに、愛を買ったら偽物なのか？　きちんと契約を結んで相手にちゃんと支払《しはら》っているのに？　契約書には詳細を明記してあって、相手もそれを了承《りょうしょう》しているのに？」

「お前は金で買ったものはすべて本物だと思うのか？」

「当然だろう。だから、相応の対価を支払った。彼女はそれを受け入れたんだ」

兄は眉間に深い皺を刻んで、両の指で揉《も》んだ。

それを見て、ダミュアンはふと相好《そうごう》を崩《くず》す。

「なぜ、今、笑うんだ」

「いや、俺の眉間の皺をリリィは指で突《つ》いてくるんだ。そのときの彼女の顔がやたらと可愛らしくて……それを思い出した」

「……ああ、なるほど？　なんだかよくわからないが、一つだけわかったことがある。お前は彼女を愛しているんだな」

「当たり前だ。だから、愛を買ったんだ」

自信満々に答えたのに、兄はなぜか両手で顔を覆《おお》ってしまった。

「？　用がすんだなら、もう帰るが」

「ああ……いや、ちょっと待て。最近、王妃の命を狙っている輩《やから》がいるんだ。もし、何か知っている情報があったら教えてほしい」

「なぜ、王妃を？」

兄が王に即位したときに、公爵令嬢であるカプラシルはほとんどの者たちに受け入れられていた。それから数年経《た》って、すでに王子二人の跡継ぎまで生んだ王妃の地位は盤石《ばんじゃく》である。

だというのに、今さら彼女が命を狙われる理由がわからなかった。

「以前から王妃が取り組んでいた未成年保護法案の改正の件だ。未成年を雇《やと》った店や貴族を処罰するという趣旨《しゅし》なんだが、それに反対する貴族の一派があってな」

「なぜ、反対する？」

商家が反対するのは理解できるが、貴族は直接商売をしたりはしないものだ。領地を持つ身分なので、税金を取り立てるだけである。

「ざっと調べただけだが、こっそり安い賃金《ちんぎん》で働かせて搾取《さくしゅ》するとか、色々と後ろ暗いことをやっているからだろう。王妃主導の法案だから、彼女がいなくなれば反古《ほご》になると浅《せん》慮《りょ》なことを考えているらしい」

犯罪に走る者は浅はかだ。物事を単純に考える節がある。

ダミュアンは吐き捨てた。

「あれは隣国《りんごく》に傾倒《けいとう》している大臣が持ち込んだ議案だろう。確かに最初に言い出したのは王妃かもしれないが、結局彼女がいなくなっても法案は可決される。そうでないと他国に侮《あなど》られるのは我が国だ」

リリィの身の上話を聞いて改正法案を提案したらしいが、彼女の案は極端すぎると大臣が大幅に手を加え、ついでに主導権も移っている。

「部外者のお前でもわかることなのに、議会に出ている連中には見えないんだ。視野が狭《せま》いからそういう短絡的《たんらくてき》な行動に走る。こちらも気をつけているんだが、他国に伝《つて》のあるお前の情報網《もう》も生かせれば、ありがたい」

兄に頼《たよ》られるのは初めてのことで、ダミュアンは僅かに戸惑《とまど》った。だが、いつもの平坦《へいたん》な声で頷くだけだ。

「わかった、気を配っておく」

「ああ、宜《よろ》しく頼む」

兄がようやくほっとしたように息を吐いた。

第五章　傲慢公爵のお姫様

リリィはまっすぐに女性を見つめた。

「ダミュアン様をご存知なのですか？」

女性から出たダミュアンの名前に、リリィは思わず縋《すが》りたくなった。自分が事態を収拾するより、ダミュアンになんとかしてもらえるならありがたい。

だが、女性は青ざめたままふるふると首を横に振《ふ》る。

「い、いやよ。彼には知られたくないわ。だって、絶対怒《おこ》られるもの」

「は？」

ダミュアンが彼女を怒る？

一体、彼女とダミュアンはどういう関係なのだろうか。

というか、先ほどから彼女はリリィに怯《おび》えている気がする。アンシムに鉄拳《てっけん》を振るったところを見られたからだろうか。

リリィはにっこりと慈愛《じあい》の笑《え》みを浮《う》かべて、取り繕《つくろ》った。

「ご安心ください。ダミュアン様はお優《やさ》しい方です。きっとお力添《ちからぞ》えいただけますわ」

「ええ？　本気であの男が優しいと思ってるの……ああ、本物じゃないの。やっぱり、無理だわ」

「あの……？」

なぜかさらに青くなってガタガタ震《ふる》えだした女性に、リリィはどう声をかけていいのかわからない。だが、彼女は不意にはっとして、勝手に立ち直った。

「いえ、こちらの話よ。ところで、私は夫から逃《に》げ出したことになっているのね？」

リリィとアンシムの話をしっかり聞いていたらしい。

貴族女性の割には肝《きも》が据《す》わっている。

落ち着いて話を聞いてくれる相手はありがたい。

だが珍《めずら》しい部類ではある。明らかに身分違いのリリィたちを蔑《さげす》む様子が少しも見受けられないのだから。

「手紙を貰《もら》って待ち合わせ場所に向かったのだけれど、その手紙が偽物《にせもの》だったということかしら」

「僕が鍵《かぎ》を開けて、部屋に手紙を置かせてもらいました。手紙は貴女《あなた》を呼び出すための偽物だと聞いています。指定された待ち合わせ場所に待機していたのは別の者で、こちらに連れてきたのはその男です」

「そうなの……。手紙は離宮《りきゅう》の部屋に置いてあったから、そこの警備が甘かったのね……」

はきはきと答えるアンシムに、悔《くや》しそうに女性が唇《くちびる》を噛《か》んだ。

アンシムはリリィの薫陶《くんとう》をきっちりと受けているので、ある程度の受け答えは一般《いっぱん》の庶民よりは丁寧《ていねい》である。理路整然と物事を説明できるように仕込《しこ》みもした。何せ孤児院《こじいん》のイメージアップを図《はか》って、寄付金を倍増《ばいぞう》するという遠大な計画を立ち上げたときの一期生なのだから。

だからこそ、金物細工師の仕事を得て安堵《あんど》したのに、ゲゼヤトは本当に余計なことをしてくれたものだ。

「今までの経緯《けいい》はわかったわ。それで、ここには私たち以外に誰《だれ》かいるの？」

「見張りがいますが、今他の場所に移れるように準備をしていますので、人数は多くないです」

「つまり、逃げるなら今しかないということね」

「え、逃げる？」

アンシムがきょとんと瞬《まばた》いた。苦労して助けた女性が逃げると言い出したのだから、わけがわからないのだろう。

「やっぱりアンシムは騙《だま》されているのよ。この誘拐《ゆうかい》は何か変よ。単純な人助けではないと思うわ。だってわざわざ偽物の手紙を用意して呼び出す必要がないじゃない」

「そうよ。だから、早く逃げたほうがいいわ」

リリィの言葉に女性も大きく頷《うなず》いて同意した。


「ご明察——と言いたいが、なんでここにリリィがいるんだ？」


いつの間にか部屋の出入り口に男が立っていた。そして不機嫌《ふきげん》そうに鼻を鳴らす。

数年ぶりに会ったが、面影《おもかげ》はある。ゲゼヤトだ。

「ゲゼヤト、お帰り。お姫様《ひめさま》の相手なら女の子がいたほうが安心するかと思って……」

「お前かよ、アンシム。べらべらしゃべんじゃねえって言っただろうが！」

「ご、ごめん。でも、リリィはお貴族様の対応には慣れているし」

「うるせえ、これで殺しの数が無駄《むだ》に増えただろうが」

「え、こ、殺す……!?」

アンシムがひっと息を呑《の》んで目を白黒させている。

リリィは、すっかり荒《すさ》んだ空気を放つゲゼヤトに、冷めた視線を向けた。

あの女監督官がいた頃《ころ》の孤児院出身者は、たいていが暗い瞳《ひとみ》をしていた。暴力に怯《おび》え切って、絶望していたのだから仕方がない。

ゲゼヤトも、同じだ。今も濁《にご》って淀《よど》んだ目をしている。

ふと、星の煌《きら》めく瞳の輝《かがや》きを思い出して、あの人はどんな状況《じょうきょう》でも腐《くさ》らなかったのだなと思った。だから、今でもまっすぐで、美しい瞳をしている。

「誰に頼《たの》まれているのか、教えてくださらない？」

「どうせ死ぬんだから、知らなくても構わないだろう？」

女性がしおらしく尋《たず》ねても、にやにやと馬鹿にしたような笑みを浮かべて、ゲゼヤトはあっさりと拒《こば》んだ。

圧倒的《あっとうてき》優位に立っているのは自分だと確信に満ちたゲゼヤトの態度に、油断を誘《さそ》って活路を見出《みいだ》すしかないとリリィは考える。

「どうせ、ちんけな下っ端《したっぱ》には黒幕の正体なんて教えられていないだけでしょう。見栄《みえ》を張ったってバレバレなのよ」

リリィがふんっと挑発《ちょうはつ》すれば、苛立《いらだ》たしげにゲゼヤトは怒鳴《どな》る。

「粋《いき》がるんじゃねえぞ。俺が今回の主導だ。王妃《おうひ》を殺せば、貴族にしてくれるって伯爵《はくしゃく》は約束してくれたんだからな」

「はあ？」

待って。あまりに情報量が多くてリリィは混乱した。

そもそも犯罪者が貴族になれるわけがない。

そして、ゲゼヤトを雇《やと》っているのはどこかの伯爵らしい。

そこまではいい。

——今、リリィの横にいる女性を王妃だって言った⁉

そういえば、彼女の口から先ほど離宮というような言葉が出た。聞き流してしまったけれど。

ぐりんと首を横に向けて、リリィは恐《おそ》る恐《おそ》る尋ねた。

「お、王妃様でいらっしゃいますか……？」

「あー、はい、ソウデスネ……」

なぜか彼女は片言で答えた。

だが、しっかりと頷いたのだ。

つまり、この国の中で最も高貴な女性であり、貴婦人の頂点に君臨する人物であり、ダミュアンの初恋《はつこい》の相手でもある——王のお妃様《きさきさま》！

こんな綺麗《きれい》な人に、ダミュアンは恋をしていたのか。

だとしたら、なおさらリリィを金で買って恋人にした理由がわからない。

リリィはただの庶民である。しかもその実体は孤児院の運営と教育を一手に引き受け、日銭《ひぜに》を稼《かせ》ぎ日夜金勘定《かねかんじょう》をして子どもたちを守っているだけの、慈愛とか何それ、食べられるの？　生きていけるの？　みたいな精神で日々を送っている偽物修道女である。

高貴さの欠片《かけら》もなければ、抜《ぬ》きん出《で》た美貌《びぼう》があるわけでもない。

毛色が変わった恋人ならば、王妃を忘れられると考えたのだろうか。

だが、今はダミュアンのことよりもこの状況を打破せねば。

「はあ、本当に馬鹿ね。ゲゼヤトも騙されているってどうしてわからないの」

リリィは看板女優直伝のせせら笑いを浮かべた。

『慈愛の修道女』には不必要だと言ったのに、時折見せる小悪魔さも大事だと力説されて練習させられた技を、遺憾《いかん》なく発揮した形である。

案の定、ゲゼヤトは一瞬《いっしゅん》でいきり立った。

「なんだと？」

「王妃様を殺したなら、犯人としてあんたが処刑《しょけい》されるだけよ。貴族になんてなれるわけがないじゃない。ちょっと考えたらすぐにわかるでしょう。アンシムを騙して借金背負《しょわ》せて仲間に引き入れたくせに、どうして自分は騙されていないと思うわけ？」

「そっちこそっ。貴族になりたくて、デジーアにすり寄って惨《みじ》めに捨てられたくせに……馬鹿にしやがって……本当に昔からお前は気に食わないやつだっ！」

そのまま、ゲゼヤトはリリィに突進《とっしん》してきた。

それをひらりと躱《かわ》して、足払《あしばら》いを繰《く》り出す。盛大《せいだい》に床《ゆか》に転がったゲゼヤトは、頭を打ったらしく呻《うめ》いている。その鳩尾《みぞおち》に踵《かかと》を落とす。

「うぐっ」

「口で勝てないからって、すぐに暴力を振るうような男は、こっちから願い下げよ」

「お前のこれだって、暴力だろうが……っ」

「失礼ね。正当防衛よ」

「ゲゼヤト、リリィはあの孤児院のボスだから……」

アンシムが真っ青になりながら、呻くゲゼヤトに声をかける。

「なんで、リリィがボスなんだよっ」

「そりゃあ、誰も勝てないからに決まってる」

なぜかアンシムが死んだような目をして呟《つぶや》いた。

遠い過去、孤児院で乱闘騒《らんとうさわ》ぎを起こしたのは今となってはいい思い出だ。

「あんたとは、積み重ねてきた経験が違《ちが》うのよ。不満ばっかり口にして甘ったれてんじゃないわ」

そうして、ゲゼヤトの鳩尾を思い切り靴《くつ》のつま先で蹴《け》り飛ばしたのだった。

気絶したゲゼヤトを床に放置して振り返れば、王妃がキラキラとした瞳を向けてくる。

「いやあ、格好良いわ……」

「あら、王妃様。お褒《ほ》めいただき光栄ですわ」

リリィが優雅《ゆうが》にお辞儀《じぎ》してみせれば、彼女は満足そうに頷いた。

「ダミュアンはこういう趣味《しゅみ》なのね。それはいいとして、どうしようかしら」

困ったように王妃が考え込んだところに、聞き覚えのない声が飛び込んできた。

「この状況はなんだ？」

新たに部屋にやって来た壮年《そうねん》の男がいびつに顔を顰《しか》めて、床に転がっているゲゼヤトを見やった。

「なんてざまだ。おい、どうして女が増えてる？」

見知ったアンシムに尋ねているのだろうが、答えたのは王妃のほうだった。

「あらまあ、貴方《あなた》は見たことがあるわね。センデ伯爵家のゆかりの者ではなかったかしら。つまり、今回の黒幕はセンデ伯《はく》ということね」

「王妃様もお目覚めですか。ふん、素性《すじょう》が知れようとあの世に送ってしまえば関係ない。貴女はやりすぎたんだ」

「未成年保護法の改正案のことかしらね……確かに、あの家の反発はすごかったわ。そんなに子どもを雇っていたの？」

「ガキは立派な働き手だぞ。それがなくなれば、領地経営が立ち行かなくなることがなぜわからないんだ」

「子どもは単純な労働力ではないわ。しかも酷使《こくし》して亡《な》くなった子もいるじゃないの。産んで増やせばいいだなんて、家畜《かちく》みたいな扱《あつか》いを許せるはずもない。人間なのよ、尊厳を踏《ふ》みにじる権利は大人にはないわ」

毅然《きぜん》とした態度の王妃を、男は鼻で笑う。

「理想は死んでからいくらでも語ればいい」

そのまま男が顎《あご》をしゃくれば、ナイフを手にした輩《やから》が入ってきた。

無言のままナイフを振りかぶって襲《おそ》ってくる。

さすがにこれだけの相手に一人で立ち向かうのは、リリィでも無理だ。

せめて王妃だけでも守ろうと身構えた刹那《せつな》、窓ガラスが枠《わく》ごと吹っ飛んだ。

「うわっ」

「な、なんだ？」

ガラス片の直撃《ちょくげき》を受け男が倒《たお》れ、他の者たちもそちらに注意を向けた。

リリィは一番近くにいた暴漢《ぼうかん》の手元を蹴り上げて、ナイフを飛ばす。

別の男は窓から突入《とつにゅう》してきた騎士団《きしだん》の制服を着た者に、殴《なぐ》り飛ばされていた。

よく見れば、孤児院出身の騎士、グイッジである。

彼はちらりとリリィを一瞥《いちべつ》して無事であることを確認《かくにん》すると、すぐに逃げようとしていた男たちの捕縛《ほばく》に回る。

アンシムもグイッジの姿に気がついて、ほっと胸を撫《な》で下ろしていた。

「無駄な抵抗《ていこう》はやめて、おとなしくしろっ」

外から野太い声が聞こえた途端《とたん》に、王妃が声をあげた。

「ソジト、ここよ！」

「おー、無事か」

窓からのっそりと室内に入ってきたのは、ダミュアンの友人のソジトだった。

「リリィっ」

そのソジトの後ろに続いたのはダミュアンだ。

いつも隙《すき》なくびしっと完璧《かんぺき》に整えているくせに、今は髪《かみ》も服も乱れに乱れている。

そのまま、リリィは大きな腕《うで》に強く抱《だ》きすくめられた。

「は？」

「無事でよかった……」

安堵交《ま》じりの声は掠《かす》れていた。

リリィの小さな肩《かた》に顔を埋《うず》めるようにして抱きしめてくるダミュアンは心なしか震えていて、どれほど心配をかけたのかと切なくなるほどだ。

背中に回った腕が離《はな》れる気配はないし、なんなら彼の心臓はどこどこと凄《すご》い音を立てている。

だが、リリィは金で買われた恋人だ。

彼に愛を捧《ささ》げるのはリリィであり、彼からの思いは必要ない。

リリィの横には彼の初恋の相手である王妃がいるというのに、そちらの心配はしなくていいのだろうか。

リリィはこの状況に混乱した。

だというのにダミュアンは、茫然《ぼうぜん》としているリリィの顔を覗《のぞ》き込んできた。

スターライトを宿した瞳をどこまでも切なげに細めて訴《うった》えてくる。

「リリィが怪我《けが》をしていたらと考えるだけで、心臓が潰《つぶ》れそうだった。痛むところはないんだろう。どうか、大丈夫《だいじょうぶ》だと言ってくれ……っ」

「え、ええ」

傲慢公爵《ごうまんこうしゃく》が命令じみた懇願《こんがん》をしてくる。

相手を間違《まちが》ってませんか？　と聞きたいけれど、そんな空気ではない。

リリィは空気は読めるのである。

「なぜ、一人で向かったんだ。話してくれてもよかっただろう。そんなに俺は頼《たよ》りなかったのか」

「いえ、これはまさかアンシムがこんなことに加担しているとは思いもよらなくて……」

「アンシム？　誰だそれは。また、別の恋人か」

途端に険しい顔をしたダミュアンの声を聞いて、傍《そば》にいたアンシムがぶんぶんと顔を横に振った。

「僕はそんな大それた者ではありませんっ」

「貴様がアンシム？」

ぎろりと睨《にら》まれてアンシムは今にも卒倒《そっとう》しそうである。

リリィは慌《あわ》てて言い添《そ》えた。

「いえ、アンシムは孤児院出身なので知り合いなのです。というか、ダミュアン様は一体どうしてここに駆《か》けつけられたのですか？」

なんだか話が噛《か》み合わない気がして、リリィは躊躇《ためら》いがちに尋ねた。

「王妃が誰かに攫《さら》われたという報告に、ソジトの率《ひき》いる騎士団が動いたんだが、リリィからの要請《ようせい》で一部の騎士たちがすでに場所を押さえていると連絡《れんらく》を受けた。しかもお前は真っ先にそこに一人で乗り込んだとか？」

全然ということはないのだが、微妙《びみょう》に情報が食い違う。

アンシムを見かけたことを、リリィはグイッジにだけ伝えていたのだ。逃げられるかもしれないから、姿は隠して周囲を警戒《けいかい》していてほしいとお願いした。

まさかアンシムが王妃誘拐《ゆうかい》に関わっているとは露《つゆ》ほども想像していなかった。

「彼女はとっても勇敢《ゆうかん》だったわ。たった一人で私を助けにきてくれたのよ。本当にありがとう」

カプラシルがソジトの隣《となり》で、朗《ほが》らかに笑う。

いや、貴女は私がたまたまここに来たという真相を知っていますよね。

なぜ、いい感じにまとめようとしているのでしょうか。

リリィは思わず胡乱《うろん》な瞳を向けてしまった。

だが、状況を問いただす前に、確認したいことがある。

「ダミュアン様、ちょっとお伺《うかが》いしてよろしいでしょうか」

「なんだ」

「ダミュアン様の初恋は王妃様で間違いありませんよね？」

「は？」

「いえ、こうして私を抱きしめたままというのはよろしくないのではと……」

リリィはおずおずと口にしたが、一応彼の初恋話は公然たる事実だ。古傷を抉《えぐ》るような行為《こうい》かもしれないが、リリィだって十分に混乱しているので許してもらいたい。

「……カプラシル」

「――ひっ」

重低音で名前を呼ぶダミュアンに、王妃カプラシルは大仰《おおぎょう》にのけ反《ぞ》った。

先ほどよりもずっと真っ青な顔をしている。その横でソジトが天井《てんじょう》を仰《あお》いで呻いた。

「ええ？　っていうか、愛をお金で買えると信じているダミュアンに問題があるんじゃないの。ちゃんと相手が好きなら好きって言えばいいじゃない！　なんでお金で買っちゃう

わけ？」

真っ青な顔のままカプラシルが叫《さけ》べば、ダミュアンは冷静なまま答える。

「なぜ、欲しいものを金で買ってはいけないんだ。俺にはそれだけの財力がある」

「たとえ財力があっても、愛情なんて売り買いするものじゃないわよっ。相手に懇願《こんがん》すればいいじゃない」

「懇願？　そんな口約束で一体何が縛《しば》れるんだ。逃げられたらどうする。どんなことにも絶対はない」

「そこは一般的なんだな。他は非常識なくせに」

ソジトが呆《あき》れたようにため息をついた。

リリィは茫然とダミュアンの腕の中に収まっているだけである。

三人の会話は意味がわからない。

つまり、どういうことだ？

「ダミュアン様は私の愛を買いましたよね？　最上級の愛が欲《ほ》しいと言って」

「そうだな」

「契約《けいやく》では、期間は貴方が飽《あ》きるまでだと聞きました」

「飽きる？　何を馬鹿なことを……俺は手放さないと言ったぞ」

不思議そうにダミュアンは首を傾《かし》げて、きっぱりと言い切った。

そして、リリィは理解した。

違約金《いやくきん》にばかり気を取られていたが――デイベックに謀《はか》られたのだ。

これは下手をすれば永久就職の契約だ。

期間は無期限で、つまりリリィは人生を売ったのと同じだ。

だから、ダミュアンはそんな値段でいいのかと尋ねたに違いない。

いや、彼が払《はら》った金額も相当だが。

デイベックが当初話していたように、半年か一年そこらで飽きるものじゃないということだけは、しっかりと理解した。

「そんな言い方をするから、誤解されるんじゃない」

「そもそも誤解の元はお前だろ」

「悪かったわよ！　私が初恋だの悲恋《ひれん》だのと勝手な噂《うわさ》を流してダミュアンを当て馬にしたことは本当に反省してるわ。でも陛下《へいか》を愛していたんだもの、好きな人には振り向いてほしいでしょ。それにすでに過去のことだし」

カプラシルとソジトが割って入ってきたことでちょっと冷静になったリリィは、大きく肺から息を吐き出した。

「ダミュアン様の初恋は王妃様ではないのですか？」

「初恋と言われれば、お前以外にいるわけがない。俺は今、お前に恋をしているんだからな」

低い美声が突然《とつぜん》、降ってきたようだ。

ダミュアンの大きな手が、背中からリリィの頬《ほお》へ添えられる。

スターライトの輝きを宿した瞳はキラキラ眩《まぶ》しくて、リリィは思わず目を細めた。

「言っただろう、赤い顔を必死で隠《かく》しているところも可愛《かわい》いし、恥《は》ずかしがってもきちんと契約を守ろうと恋人として振る舞ってくれるところも好きだ。こんなに小さな体で虚勢《きょせい》を張って、必死で身《み》の丈《たけ》以上に頑張《がんば》って孤児院も子どもたちも守っている姿には健気《けなげ》すぎて愛を感じる。そんな素晴《すば》らしい存在が、俺の唯一無二《ゆいいつむに》の愛しい相手なんだぞ。だというのに、お前は俺を一方的に甘やかしてばかりだ。どうするんだ、お前のいない生活なんて考えられないほどに腑抜《ふぬ》けになってしまった。お前を金で買ったのは俺だが、ちゃんと責任を取ってくれないと困っ」

「わ、わかりました」

リリィは慌ててダミュアンの口元を両手で塞《ふさ》いだ。いや、実のところ何もわかっていないのだけれど。

文句を言われているようなのに、なぜか猛烈《もうれつ》に恥ずかしい言葉を聞かされている気がする。確かに夜会のときに似たようなことを話したが、ダミュアンから可愛いとか好きとかは言われていない。だというのに、突然の手のひら返しだ。これはリリィの聞き方が悪かったみたいだ。

とにかく、噂を鵜呑《うの》みにしていたのは自分だ。けれど肝心《かんじん》なところで説明不足なダミュアンも悪い。

だから、これ以上はいたたまれないので、黙《だま》っていてほしい。

「ダミュアン様の想《おも》いはわかりました。ですから、一旦《いったん》放してください」

「こうして無事なお前を感じていたい」

「……くっ」

勝てる気がしない。

なんだこの傲慢《ごうまん》な男は。

助けを求めてソジトとカプラシルに縋るような視線を向ければ、全力で首を横に振られた。

どういう意味だ？

「人の言うことを聞くようなやつじゃない」

「そうそう。特に今は浮かれてるから、普段《ふだん》以上にやばい状態よ」

幼馴染《おさななじ》みである二人にそこまで言われる状態とはどういうことだろうか。

困惑《こんわく》しているリリィの前で、ソジトの部下らしき騎士が任務の完了《かんりょう》を報告している。

それを聞き終えて、ソジトが宣言した。

「捕物《とりもの》は終わりだ。王妃様のお帰りだぞ」

「じゃあ、リリィまたね。可愛い義弟《おとうと》をよろしく」

カプラシルは軽《かろ》やかに手を振って、ソジトと共に騎士を従え廃屋《はいおく》を出ていく。

床に伸《の》びていたゲゼヤトは連行されて、アンシムも事情聴取のために騎士たちに同道した。

閑散《かんさん》とした部屋で、リリィはダミュアンを見上げる。

「ええと……私たちも帰りましょうか、ダミュアン様」

「一緒《いっしょ》に馬車に乗って、屋敷《やしき》に戻《もど》ってくれるのか」

「はい。だって、私はダミュアン様のお金で買われた恋人ですから」

そう答えれば、ダミュアンは蕩《とろ》けるような微笑《ほほえ》みを浮かべてリリィの手を優しく握《にぎ》った。

大きな手が、自分の小さな手をすっぽりと覆《おお》う。

「恋人なら手を繋《つな》ぐものなんだろう?」

リリィは赤くなって、すぐに答えることができなかった。

「騙しましたね?」

夕食の席にちゃっかり同席してきたデイベックに問いかければ、彼はきょとんと瞬《まばた》いた。

その態度が白々しいと自分で気づかないものだろうか。思わずはんっと鼻を鳴らしてしまうが、デイベックは改めるつもりがないらしい。

「ええと、どのことですか？」

「どのこと？　そんなにたくさん騙したのですか」

「あ、いえ。すみません。口が滑《すべ》りました。公爵様、助けてください」

「お前たちが何を言い合っているのかわからない」

ダミュアンは首を傾げている。

彼は本当にリリィを騙すつもりなどなかったのだ。

ただずっとリリィが勘違《かんちが》いをしていただけで。

だが、デイベックは確信犯だ。

「公爵様から愛をいただくのは、契約違反《いはん》だと思っていたんですけど」

「そんなこと書面のどこにもありませんよ」

確かに契約書にはダミュアンから愛されることについては何一つ言及がなかった。その内容からリリィが勝手に愛を乞《こ》うのは違反だと思い込んだだけだ。だが、デイベックは絶対リリィの勘違いに気づいていたに違いない。

動じない彼は常に微笑《びしょう》を浮かべているだけだ。

この腹黒！　と怒鳴りつけたい衝動《しょうどう》を必死で抑《おさ》える。

何より、ダミュアンから愛されるだなんて聞いてなかった！

「契約期間についても騙しましたよね」

「公爵様が飽きるまでだと説明しましたよ」

「飽きやすいって言いませんでした？」

「公爵様は移り気で興味がころころ変わる上、業務内容も多岐《たき》にわたりますから、その点では確かに飽きやすいと言えなくもありません。拘《こだわ》りもない方ですしね。けれど、愛に関してはは同じではないでしょう。なんせ貴女が初恋らしいですから。つまり、私はそんなことを言った覚えはありませんね」

言った言わないの水掛《みずか》け論《ろん》で逃げ切るつもりか。

リリィは盛大にため息をついた。

「せっかくの夕食ですよ、楽しく食べませんか？」

お前が言うのかと思ったが、リリィは目の前の食事に集中することにした。

料理に罪はない。

フィッシャール公爵邸のシェフは腕がよくて、とてもおいしいのだ。

最近は特にリリィが好むようなメニューを追求《ついきゅう》してくれているせいか、完璧に胃袋《いぶくろ》を摑《つか》まれている気がする。

「このあとは、一緒にお茶を飲むんだ」

ダミュアンがそわそわとリリィに命じた。

おうちデートを早速《さっそく》楽しみたいらしい。

もちろんリリィに拒否権《きょひけん》などないので「はい」と頷くだけだ。

「おや、仲がよろしくて何よりですね」

「デイベックさんは随分《ずいぶん》と楽しそうですね」

当てこすりのつもりかと、リリィがつっけんどんに応じれば、思いの外《ほか》優しい声音《こわね》が返ってきた。

「もちろん。公爵様がお幸せそうですから」

満足そうに笑うデイベックの、その言葉だけは真実だと思われた。

彼は彼で、ダミュアンの幸せを願っているのだろう。

「愛が欲しいと言っていた方に、最高の愛を知ってもらえたのですからね」

「最高の愛？」

そんなものリリィは提供したつもりはない。

「『慈愛の修道女』様の最上級の愛を一身に受けるのですから、つまりそういうことでしょう」

本気で思っているのかと問うたところで、デイベックは素直《すなお》には答えないだろう。

リリィはやはり、ため息をついてやり過ごすのだった。

「久しぶりね。あれから、変わりないかしら？」

気軽に声をかけられても、リリィは返事に困る。王妃の茶会など、おとぎ話でしか知らないのだから。その上、格好はいつものくたびれた修道服である。ダミュアンに確認したら、それでいいと頷かれたので。

ダミュアンは慣れているのか、戸惑《とまど》うリリィの背中を押して椅子《いす》に掛けさせると、さっさと自分もその隣に座った。

目の前にはさりげなく豪華《ごうか》な軽食の数々が並ぶ。皿だって、一枚一枚が最高級品である。

王族が開くお茶会なのだから、当然だろう。

椅子だって極上《ごくじょう》の座り心地《ごこち》で、何もかもが緊張《きんちょう》する要素しかない。

こんなところで、平常心で飲み食いできるほどリリィの神経は図太くないのである。

お茶が人数分並ぶと、カプラシルはニコニコと上機嫌《じょうきげん》に笑った。

テーブルに載《の》っている様々な菓子《かし》を勧《すす》めながら話を切り出す。

「リリィにどうしてもお礼が言いたかったの。貴女の機転のおかげで、ソジトが間に合ったようなものだもの。本当に助かったわ、ありがとう」

「いえ、偶然が重なっただけです。ところであの、アンシムはどうなりますか？」

不安げなリリィを安心させるように、カプラシルは笑みを深めた。

「彼はそれほどの罪にはならないわ。騙されていたのだから、情状酌量《じょうじょうしゃくりょう》の余地があるし。もう一人の彼のほうは、あまりに余罪が多くて難しいのだけれど」

「今回のことはゲゼヤトにとっても良い機会になったかと思います。立ち止まって考える時間が必要だと思いますので……」

彼が人生をやり直すきっかけになってくれればいいと願う。

「さすが『慈愛の修道女』様は人を慈《いつく》しみ育てるのが上手ね。アンシムも腕のいい金物細工師なのでしょう。真面目で勤勉《きんべん》だと前のお店の親方が褒めていたと聞いたわ。彼のいいところは基礎《きそ》がきちんと備わっていて、学ぶ姿勢が身についていることだって。ちゃんと貴女の教育が行き届いている証拠《しょうこ》ね。だから、お店に戻れるように口利《くちき》きもさせたの」

「ありがとうございます。きっと、あのままだったら、帰れなかっただろうとは思っていたんです」

「彼の借金まで肩代《かたが》わりしてあげたのでしょう。慈悲深《じひぶか》いわね」

ピクリとダミュアンの腕が動いたが、結局彼は何も言わなかった。

リリィは気づかぬふりをして、カプラシルに答える。

「ダミュアン様が助けてくださったので」

「偏屈《へんくつ》で、他人なんてどうでもいいってくらい傲慢なのに、ね。恋人に対してはずいぶんと態度の違うこと。こういうときだけ颯爽《さっそう》と駆けつけるなんて、変な勘《かん》でも働いたのかしら」

カプラシルは短く息を吐いて、ダミュアンをねめつけた。

リリィは、にこやかに答えるだけだ。

「ダミュアン様はお優しい方ですから」

「優しいですって。良かったわね、ダミュアン？」

なぜかカプラシルはからかい口調でにまにまとダミュアンを見やる。

彼は眉間《みけん》に深い皺《しわ》を寄せた。

「貴方、なんて顔をしているのよ。嬉《うれ》しいならもっとちゃんと喜んだら？」

カプラシルがダミュアンの仏頂面《ぶっちょうづら》を見て、ぎょっとする。

常よりも、相当に険しい顔をしているようだ。

リリィはいつものように彼の眉間の皺をつついてみた。

「怒っています？」

「怒っていない」

「だそうですよ？」

「何それ？」

自分たちのやりとりに、カプラシルが毒気を抜かれて脱力《だつりょく》した姿を見て、リリィは微笑を浮かべた。

「可愛いでしょう？」

「いえ、それは同意しかねるけれど……」

カプラシルが小さく呻いて、やれやれと言いたげに肩を竦《すく》めてみせた。

「リリィのために未成年保護法の改正案を作ったのよ？　もっと感謝してくれてもよくないかしら」

「改正？」

そういえば、カプラシルが命を狙われた理由はその法案にあると聞いた。だが詳細については知らなかった。

「そうよ、未成年は働かなくていいの。きちんと勉強して大人になってほしいっていう素晴らしい法律なのよ！」

「はあ？」

自慢《じまん》げに告げた王妃の言葉に、リリィは思わず半目になる。

「孤児院の運営は国の僅《わず》かばかりの補助金とお貴族様の寄付だけじゃあ成り立たないんですよ」

子どもでも働くことが可能になれば、成人前でも収入を得てもらいたい。色々な仕事に就《つ》くことで、本人の性に合えば十六歳になる前に孤児院を出ていく子もいるのだ。

「え、え？　子どものうちは働かなくていいのよ、最高でしょ」

なるほど。カプラシルはこの国の貴族女性らしい考え方の持ち主だ。

理想が高く、現実が見えていない。有難迷惑《ありがためいわく》という言葉を知らないのだろうか。

呆れるリリィにダミュアンが安心させるように口を挟んだ。

「大丈夫だ、リリィ。大臣が手を加えて、ちゃんと現実に即した法案になっている。未成年を雇用する場合の最低賃金と労働時間を設けて、休憩および休日を義務づけた。違反する使用者には罰則が適用されるという内容だから、今よりも短い拘束《こうそく》で収入は増える」

「え、何それ？」

初めて聞いたのかカプラシルがダミュアンをぽかんと見やった。

「以前にソジトが言っていただろう。そのままでは使えないから、提案だけ受けて中身は変わっていると。今回も同じだ」

「ええ、そうなのっ⁉」

ショックを受けたように茫然としているカプラシルには申し訳ないが、リリィは胸を撫で下ろした。未成年だから働けないなんて、生活が成り立たなくなってしまう。

「でも法案の内容はともかく子どもたちが保護されれば、リリィが必死になって面倒を見る必要もなくなるでしょ。ダミュアンだって、ずっとリリィと一緒にいられるわよ。むしろ貴方が孤児院を買い取って彼女があくせく働く必要がなくなれば、二人きりの時間がもっと増えるのだから喜ばしいのではないの？」

――これだから、傲慢な貴族は嫌いなのだ！

「ダミュアン様は、そんなことしません！」

リリィの声は自然と大きくなった。

きっと彼は考えたこともないだろう。今もカプラシルの発言を理解できないとばかりに眉を顰《ひそ》めている。

「働くリリィは本当に素敵だ。何より彼女の意思を尊重したい。なぜリリィのこれまでの献身《けんしん》を踏みにじるようなことをしなければならないんだ」

ダミュアンは傲慢だと言われているけれど、それは不遜な言動に騙されているだけだ。内面はとても素直で、本質を見抜く。何より、リリィが大事にしているものに同じ目線で寄り添ってくれる。

「ダミュアン様、ありがとうございます」

にっこり笑って感謝を伝えれば、彼は当然だと言わんばかりに鼻を鳴らした。耳が赤いことは見ないふりをしてあげよう。

カプラシルはダミュアンの様子を見て、疲れたように告げた。

「なるほど、しっかり手懐《てなず》けられちゃったわけね」

「手懐けられてなどいない」

「自覚がないとか言わないわよね？」

「自覚？」

ダミュアンは意味がわからないと言いたげに首を傾げる。

「いやだ。なんでこんな面白《おもしろ》いことになっているのに、ソジトはここにいないのよ。どう考えても一緒に楽しんでくれるのに」

「人で遊ぶな」

「そっちの自覚はあるの……まあ、いいわ。それよりもリリィ。貴女にお礼がしたかったのだけれど、貴女はお金以外受け取らないっていうじゃない？　それだと貴族の体面的に問題だから、孤児院への寄付とは別に素敵《すてき》な贈り物を用意したのよ」

カプラシルがにっこり微笑んで告げた言葉にリリィは戦慄《せんりつ》する。

お金でいいんですよ、切実に！


「リリィに呼ばれていると聞いたんだけど……」

扉《とびら》を開けて、開口一番にそんな声をかけてきた青年に、リリィは肩を竦《すく》めるしかない。

カプラシルに示されて通された王城の一室。

彼の横の窓越《ご》しには、先ほどまで茶会をしていた中庭が一望できる。テーブルに着いたカプラシルにこんこんと説教しているダミュアンの姿もばっちり見えた。

ダミュアンに向かって大丈夫だと手を振ろうかとも思ったが、彼はリリィを信じてくれているだろう。

「先日の件もあったのに、どうして、もう終わったって否定しないの……」

「王妃様に声をかけられて、断れるわけがない」

そりゃあ、そうだろうけど。

リリィは目の前で所在なげに立っているデジーアを見やって、深々とため息をついた。

王城の一室に急遽《きゅうきょ》設けられた再会の場の空気は最悪である。

ダミュアンの失恋《しつれん》を吹聴《ふいちょう》したのも王妃だと聞いている。本当に碌《ろく》なことを思いつかない女人《ひと》だ。ソジトからの誹《そし》りも当然だと思われた。

お茶会の席で、デジーアを呼んでおいたから、二人で仲良く話してきたらいいと言われたときにはさすがのリリィも慄《おのの》いたものだ。

そして、絶対に不機嫌になったダミュアンが眉間にまた深い皺を刻みながら、カプラシルを睨みつけていた。その後、説教に発展したわけだが、もはや彼女を助ける気にはならない。

カプラシルは真っ青になり涙目《なみだめ》になって慌てて謝罪していたから、きっと本当に良かれと思ってだったのだろう。

ただ、当人であるリリィと恋人であるダミュアンにとっては心底迷惑《めいわく》だっただけで。

なぜ、気遣《きづか》いがあさっての方向に発揮されるのかどうにも理解不能だ。

「できることなら、二度とお会いしたくはなかったのに」

「だから王妃様に呼ばれたんだっ……僕だって別に、来たくて来たわけじゃない」

「そう、良かったわ。同じ気持ちで」

「リリィはいつも可愛くないことを言うね」

振られた恋人に会いたいなどと本気で言うとでも？

拗《す》ねたようなデジーアの口調に、リリィは思わず眉《まゆ》を吊《つ》り上げた。

「なんで、貴方の前で可愛くしなくちゃいけないの？」

「だから……っ、恋人同士だったなら。ぼ、僕のこと好きだったら、もっと……」

「そうよね」

リリィはデジーアの言葉を遮《さえぎ》って、大きく頷いた。

「貴方には悪かったと思っているの」

「何、突然どうしたっていう……」

雰囲気《ふんいき》をガラリと変えたリリィに、デジーアは途端に動揺《どうよう》して瞳を揺《ゆ》らした。

「キナにも言われていたのよ。私と貴方の関係って、恋人っていうよりも、母親と出来の悪い息子《むすこ》みたいだねって。親子愛みたいな庇護欲《ひごよく》を感じるって」

リリィは恋のつもりだった。

けれど、ずっと二人の傍にいたキナの見立ては、親子だ。

リリィの愛情は母性に近い感情だと彼女は指摘《してき》した。孤児院の子どもたちに抱くような庇護欲の延長だ。

実際、ダミュアンと一緒にいるときの安心感だとか、照れて恥ずかしくなるような浮き立つ気持ちなど、デジーアに感じたことは一度もない。ダミュアンの手が大きくて格好いいとドキドキしてしまうだとか、不機嫌顔も可愛いだとか、ちょっと離れがたくなるときがあるとかだ。

それで、ようやくリリィもキナの言葉に得心がいった。

母性愛を恋情《れんじょう》と勘違いしていたのだと。

ダミュアンはリリィを初恋だと言ったけれど、リリィにとってもダミュアンが初恋なのだ。それを知って、違いが浮き彫《ぼ》りになった。

「赤《あか》ん坊《ぼう》の貴方を孤児院に押しつけたのは継母《ままはは》であって、貴方は勝手な大人たちの問題に巻き込まれただけ。使用人がせめてもと家紋《かもん》をかたどったペンダントを持たせてくれなかったら、一生身分なんてわからなかったでしょうし」

デジーアが孤児院に捨てられたのは、その存在が許せなかった後妻のせいだった。

彼が家に戻ることになった際に伯爵は事情を調べ上げて、継母を追い出している。嫡《ちゃく》男《なん》が赤ん坊の頃に死んだと聞かされていたウラウス伯爵は、泣いて再会を喜んだ。

デジーアを常に守り、伯爵家に繋いだリリィに報い、色々と教育の機会を与《あた》え孤児院に援助《えんじょ》までしてくれた。正直、伯爵家には感謝しかない。

「突然貴族の家に引き取られた貴方がやっていけるか不安で、恋人になってほしいと言われて一緒について行ってもいいと思ったのは本当よ。伯爵家での貴方の苦労を見て、少しでも寄《よ》り添えればと思ったのも確かだけれど」

「ま、待って……リリィはそれで納得《なっとく》した？」

不安そうに顔を曇《くも》らせて、デジーアはリリィを見つめた。

「だから、こうして話しているのよ」

「本当に、恋人って意味で好きだったわけじゃない？」

「さっきからそう言っているつもりだけど。勘違いさせて悪かったわ。貴方の婚約者《こんやくしゃ》様の気分も害しちゃったわけだし」

愕然《がくぜん》とした顔をしたデジーアの脇《わき》を通って、リリィは窓を開け放つ。

「ダミュアン様！」

中庭に向かって名前を呼べば、弾《はじ》かれたように彼はリリィの方を向いた。

「話は終わったので、一緒に帰りましょう。ここで待っていますから、迎《むか》えに来てもらえますか？」

声をかければ、ダミュアンはカプラシルに一言断ってすぐに離席《りせき》した。

安堵した様子のカプラシルが何度も頭を下げて、リリィに謝罪を示す。

「王妃様って変わってる」

窓から中庭を眺《なが》めて、リリィはぽつりと零す。

貴族の中でも筆頭《ひっとう》の名家の生粋《きっすい》のお嬢様《じょうさま》で、国の女性たちの頂点に立つ身であるというのに、少しも驕《おご》った感じはない。

確かに所作などは洗練《せんれん》されているけれど。

「不敬だよ、リリィ」

「褒めてるのよ。それより、ダミュアン様がすぐにやって来そうだけど、貴方はここにいていいの？」

「僕の話は終わってない。それに、リリィが厳しいのは昔から知ってる」

先ほどまでショックを受けていたくせに、デジーアは踏みとどまったらしい。

さすが一緒に育っただけはある。存外打たれ強い。

「僕だって、いつまでもリリィに守られていた子どもじゃない。ちゃんと考えて計画を立てていたんだ。そのために父上を説得してた」

「あんまり私にとって嬉しい話ではなさそうね」

「リリィのためになると思ってたんだよっ」

黒髪《くろかみ》を片手で掴んでくしゃりと握る。顔を顰めて、吐き捨《す》てた。

それは昔からの彼の癖《くせ》だ。孤児院で虐《いじ》められていたときにもよく見られる仕草だった。

彼とのこういう小さな記憶《きおく》の積み重ねが、ダミュアンが羨《うらや》ましいと言っていたことなのだろう。

それでも今ふと思い出すのは、ダミュアンだけだ。

だから、リリィの心は落ち着いている。

「ちゃんと、今いる婚約者様を大切にしなさいよ」

「だって彼女は孤児院に手を出したじゃないか！　リリィを傷つけたんだっ。そんな相手を許せるわけない。僕が我慢《がまん》すれば、おとなしくしていると思って一緒にいただけだ。君に別れを告げたときも、近くに隠れて彼女が聞いていたんだ。だから説明することもできなくて……その後も見張られているかもしれないって君に会いに行くこともできなかった。でも君と離れている間も婚約破棄《はき》できるようにずっと父上にも頼んでいたし、君とまた恋人になるにはどうしたらいいか、必死に考えて努力してたのに！」

悲痛な叫びに、リリィの感情が動きそうになった。

彼の考えを初めて知って、改めて頑張ったんだなと感動すら覚える。彼らしくない暴言《ぼうげん》は、婚約者に聞かせるための嘘だったとしても、リリィがあのとき傷ついたのは確かだ。

でもきっと、この感情の源《みなもと》は母性愛なのだろうと実感する。

悲しんでいれば傍《かたわ》らで慰《なぐさ》めてあげたい。優しく背中を撫でて安心させてあげたい。

けれど、やっぱりそこにリリィ自身の幸せはないのだ。

キナが指摘したとおりに。

一方的に与えるだけの愛情を、いい加減に手離《てばな》すべきだとリリィは笑う。

「ごめんなさい。結局、貴方を苦しめるだけだったわね」

「謝らないでよ、余計に惨めになる。あんな初恋を拗《こじ》らせて、君を金で買った男に負けるとか信じられない」

「あら、ダミュアン様は素敵よ？」

「傲慢なのに？」

「傲慢公爵でお金持ちだもの。私が、お金が大好きなのを知っているくせに」

リリィがお金のためならなんでもすると言ったのはデジーア自身でもある。

「僕だって貴族だよ。それなりに財はある」

「ダミュアン様は大富豪《だいふごう》よ？」

一介《いっかい》の伯爵家では足下《あしもと》にも及《およ》ばないのでは？

「じゃあ、リリィが満足するくらいに稼ぐから！」

「彼女を先に買ったのは俺だ」

扉を開けてずかずかとやって来たダミュアンは傲然《ごうぜん》と言い放ち、リリィを背中に隠すようにデジーアと対峙《たいじ》する。

だが、デジーアもきつくダミュアンを睨みつけた。

今回は簡単に引き下がるつもりはないらしい。

「もともとは僕の恋人だ」

「それは昔の話だろう。彼女は契約に同意した。俺は対価もきちんと払《はら》っている。どこに問題があるんだ」

「傲慢な公爵様らしい物言いですね。彼女を金で買った、だからって好き勝手できる権利なんてない。それは彼女の感情を無視しているっ」

「同意を得ていると言っているだろう。別に無理強《むりじ》いもしていない。リリィの気持ちはどこまでも優先している」

「何を言って……？」

ダミュアンの泰然《たいぜん》とした態度に、さすがにデジーアが違和感《いわかん》を覚えたようだ。

戸惑ったように瞬《まばた》きを繰り返す幼馴染みに、リリィはにっこりと微笑んだ。

「ちゃんとダミュアン様とは想い合う恋人同士なの」

「想い合う……って、どういうこと……」

ダミュアンの大きな手を握って、デジーアに見せつけるように掲《かか》げてみせた。

確かに最初は金で愛を買いたいなどと言われて、お貴族様はこれだからと呆れたものだった。

けれど、ダミュアンは金を信用している。

それこそ誰よりも誠実に。

最初から、護衛の忠誠心も金で買ったと話していた。

恋人を金で買うことを少しも疑問に思っていなかった。

絶対に裏切らない金を払って、欲しいものを買っただけだとずっと告げていた。嘘偽《うそいつわ》りのない彼の言葉は、どこまでも信用できるものだ。

それは仕事に真摯《しんし》に臨むリリィには、心に刺《さ》さるものがある。

恋だと思っていたものが母性愛と気づかず、ずっとそれに臆病《おくびょう》になっていたリリィにとって、契約を結んだダミュアンとの愛は、一番すんなりと受け入れられる最善の形だったのだと理解した。

最初は演じていただけだったが、まっすぐに愛を向けてくれるダミュアンの誠実さが、怖《こわ》がっていたリリィの背中を押してくれた。

「愛を実感したのよ。お金で買われたからこそ、愛情を契約で結んだからこそ、実感できる。傲慢公爵様はとっても素敵だわ」

ダミュアンの繋いだ手の甲《こう》に口づけを落とせば、彼はわかりやすく狼狽《うろた》える。

真っ赤な顔をして、慌てているのだから可愛いものだ。

「その上、純情だし。素直でしょ」

「リ、リリィ……っ」

「ダミュアン様とはきちんと愛の売買契約を交《か》わしました。だから私が貴方を愛しても問題ないでしょう？」

「も、もちろんだ。俺だって愛している。それに、お前を守る。どんなことがあっても、だ」

「え、ええ？」

突然何を言い出すのか。

リリィはすぐに攻守《こうしゅ》が引っくり返ったことに気がついた。

「孤児院の子どもに頼まれた。いつも自分たちを守ってくれるリリィは誰が守るのか、と。それは恋人の俺の役割だろう。この前は、間に合わなくて悪かったとは思っている……」

「いえ、十分でした。とても格好よく助けに来てくださいましたし」

「そうか」

力強く頷いたダミュアンに、リリィは満足げに微笑む。

どんなときでも矢面《やおもて》に立って孤児院を、子どもたちを守ってきた。大事なものは目を離した隙に失われてしまうから。何も持たないリリィが唯一《ゆいいつ》得ることのできた大切な居場所なのだ。

孤独《こどく》は嫌《きら》い。

一人じゃ何もできないと知っているから。がむしゃらに、ひたむきに。目先のことを詰《つ》め込んで。

立ち止まってしまったら、誰も幸福にできなくなると思い込んでいた。

だからリリィは勝気で、貪欲《どんよく》で、根性《こんじょう》だけで突《つ》っ走《ぱし》って。

けれど、ダミュアンはそんなリリィを守りたいと言ってくれたから。

実際、要所要所で助けてくれたのはダミュアンだけだ。

有言実行。

傲慢だけれど、それだけの実力と自信のある年上の男。

リリィはだから、ダミュアンの手を取るのだ。

それをぽかんとした顔をして見つめているのはデジーアだ。

「君が惚気《のろけ》てるの……？」

「お金で買われたって、最愛の恋人には変わりないもの。だから、ごめんねって言ってるでしょ」

「リリィは僕のこと、もういらない？」

「違うわよ、私が貴方を守る必要はもうないでしょ？　ただ貴方が幸せでいてくれることを祈《いの》っているわ」

デジーアはくしゃりと歪《ゆが》めた泣き出す一歩前の顔をして、無言で部屋を出ていった。

さすがにリリィからの別れには耐《た》えられなかったらしい。誰かに慰めてもらえればいいのに。婚約者とは難しいようなら、別の人でもいいから。

すっかり大きくなった背中を見送って、彼にそんな相手がいてほしいということくらいは願ってしまう。

「リリィは優しいな」

「博愛主義で、献身的な愛を所望《しょもう》したのはダミュアン様ですよ」

「そうだな……それで、そんな愛を独《ひと》り占《じ》めしたかったんだ」

傲慢公爵は独占欲《どくせんよく》が強いらしい。

そんなところも素敵だとリリィは感激してしまうのだから、相当に彼に参っている。

でも、それも契約のうちだ。

ダミュアンはリリィに向き合うと、そっと顎に手を添えて、上向かせた。

スターライトがキラリと光る瞳は、どこか妖《あや》しさを孕《はら》んでいる。

「噂を聞いて、孤児院にお前を見に行ったんだ。お前は孤児院の前で、子どもたちと楽しそうに掃除《そうじ》をしていた。お前は常に子どもたちに微笑みを向けていて、俺は衝撃《しょうげき》を受け

た。なんて慈愛に満ちた笑みを浮かべるんだろうと見惚《みと》れた。ソジトに言ったら、一目惚《ひとめぼ》れだと教えてくれた。俺は一目でお前がどうしても欲しくなったんだ」

見つめられたまま、リリィは息を呑んだ。

愛が欲しくて、契約書を作って大金をぽんっと支払《しはら》うような傲慢公爵のくせに。

それでいて、素直で、誠実で、純情なくせに。

だからこそ、時々リリィが赤面するようなことをさらっと告げてくる。今、余裕《よゆう》ぶっているのは正直な本音だからだ。取り繕ったりしないところは、本当に好感が持てるから尚《なお》更《さら》にたちが悪い。

「お金を払ったら、きちんと対応してくれる職人根性も愛している」

いくらリリィだって、仕事だからといって、愛を返したりしない。

だけど、きっとそんな言い訳をダミュアンは望んでいない。

だから、黙ってダミュアンの口づけを受け入れた。

思ったよりも柔《やわ》らかい唇にうっかりときめいたのは、絶対に内緒《ないしょ》だと心に誓《ちか》いながら。

終章　そうして傲慢公爵は偽り修道女の献身的な愛を手に入れる

すっかり落ち着いた頃《ころ》、リリィはダミュアンを伴《ともな》って報告がてらセイガルドの金融会社《きんゆうがいしゃ》にやって来た。

ダミュアンは無言でリリィの隣《となり》に座っていて、応対するセイガルドはいつもと変わらずにこやかだが、心なしか顔色が悪い。

「アンシム、見つかったそうで良かったですね」

体調が悪いのかもしれないのに、彼の穏《おだ》やかさには感謝しかない。

常識人で良識人。妄想《もうそう》の恋人《こいびと》に対する純粋《じゅんすい》な憧《あこが》れしかないので、とても参考になった。

今回の仕事における成功は、彼の貢献《こうけん》によるところが大きいとリリィは確信している。

これが変な性癖《せいへき》の持ち主だったり道徳的でなかったりした場合、かなりダミュアンとの恋人契約《けいやく》は辛《つら》いことになっただろう。

ありがとう、普通《ふつう》の人。

「そうなんです。本当にその節はお世話になりました」

「いえ、私は何もしていませんよ」

「孤児院《こじいん》を気にかけていただきましたから」

借金は、途方《とほう》もない額だった。

差し押さえに来たのがセイガルドであったから、なんとか対応できたのだ。

暴力を振《ふ》るわれたり、家財一式を持っていかれたりしていたらと思うとぞっとする。

にっこりと笑えば、セイガルドは顔色の悪いまま頷《うなず》いた。

「あ、あの隣の方の視線が怖《こわ》いので、そろそろ……」

「突然《とつぜん》、お仕事の邪魔《じゃま》をして申し訳ありません。どうしても、お礼をと思いまして」

「とんでもない。わざわざありがとうございます。これからも修道女様の応援《おうえん》はしていますので」

セイガルドは初めて会ったときのようにきりりとした満面の笑《え》みをリリィに向けた。

それが気に障《さわ》ったのか、リリィの肩《かた》に隣にいるダミュアンの手がのる。

重さは感じないのに、圧が凄《すご》い。

「話は終わっただろう」

横を見やれば、物語から抜《ぬ》け出《で》てきたような王子様がいる。

目映《まばゆ》いばかりの艶《つや》やかな金色の髪《かみ》に、空の色を写し取ったかのような真っ青な瞳《ひとみ》。よくよく見れば、綺麗《きれい》なスターライトの美しい光を孕《はら》んでいる。

宝石をちりばめたかのようなキラキラしい容姿は、視線を向けることすら庶民《しょみん》には躊躇《ためら》われるほどである。

けれど、そんな彼にもリリィはすっかり慣れた。

「ダミュアン様、お待たせしました。行きましょうか」

リリィはセイガルドに会釈《えしゃく》すると、ダミュアンの手を取って歩きだす。

『その愛を言い値で買おう』

ダミュアン・フィッシャール。

二十三歳という若さで巨万《きょまん》の富を築いた若き公爵《こうしゃく》。

庶民といえども噂《うわさ》だけは聞いていた。それはもう数々。

お貴族様は話題に事欠かない。その頂点に君臨するような雲の上の人である。

そんな傲慢《ごうまん》公爵らしい態度で、『慈愛《じあい》の修道女』として有名だったリリィに愛の売買契約を申し出てきた。

大きな手のひらは温かくて、どこまでも安心できる。

優《やさ》しくて、大人のくせに、なんだか可愛《かわい》い人。

何よりリリィのことを根性《こんじょう》ごと愛してくれる素晴《すば》らしい人である。

「このあとは、俺とお茶を飲むんだ」

その言い様は傲慢なのに。そわそわしながら、期待を込《こ》めて見つめてくるダミュアンに、リリィはほっこりする。

リリィは今も働いて日銭《ひぜに》を稼いでいるから、ダミュアンと日中はデートをする時間がほとんど取れない。リリィの状況《じょうきょう》は理解しているので、ダミュアンに無理を言われることはないが、こうして譲歩《じょうほ》すれば彼はとても嬉《うれ》しそうだ。

大の男を手玉に取っているようで、リリィは少し優越感《ゆうえつかん》に浸る。

彼女が大事にしていることを、一緒《いっしょ》に大事にしてくれるダミュアンが本当に好きだと思う。

「そういえば、ダミュアン様は私の格好が気にならないんですか？」

リリィはデートといってもくたびれた修道服を着たままだ。けれど、デジーアのようにダミュアンから服装を咎《とが》められたことはない。夜会のときはさすがにドレスを贈られたが、あれは必然だったのでリリィも納得している。

修道女の衣装が好きだという特殊性癖でもなさそうなので、不思議になった。

「別にリリィの好きな格好をすればいいと思うが、それはお前の仕事着だろう。俺はお前を金で買ったのだから、気にならない」

恋人になっても金で愛を買ったという認識は変わらないのか。

「じゃあ、今度は服を買いに行くっていうデートでもしましょうか。ダミュアン様のお好きなのを着ますよ？」

「……は？」

ダミュアンが物凄《ものすご》い渋面《じゅうめん》を作って固まった。

あまりに驚愕《きょうがく》した姿がおかしくて、リリィはくすくすと笑ってしまう。

「今日は駄目ですよ。デイベックさんがおいしいケーキを出す店を教えてくれたので、甘い物を食べたい気分なんです。一緒に行ってくれるんでしょう？」

繋《つな》がれた手を掲《かか》げて少し引っ張れば、硬直の解けたダミュアンが嬉しそうに笑う。

「あ、ああ……たくさん食べていいぞ」

「子どもたちへのおみやげも買ってください」

「もちろんだとも」

鷹揚《おうよう》に頷くダミュアンに、リリィは笑《え》みを深めた。

まったく別の境遇《きょうぐう》の二人が、出会って恋に落ちて、うまくいく確率はどれほどのものなのか。

ダミュアンはリリィの愛を金で買ったけれど、それが彼の誠実さの表れだ。

素敵《すてき》だとリリィが満足しているのだから、二人の相性《あいしょう》はいいということだろう。

出会うべくして、出会ったと言っても過言ではないのでは？

「じゃあ、早く行きましょう！」

分不相応だと世間様には謗《そし》られるかもしれないけれど、当人同士が満足しているのだからそれでいいのだ。

はしゃいだ声をあげてダミュアンを見つめれば、綺麗なスターライトの瞳が穏やかな煌《きら》めきをリリィに返す。

ずっと、こんなふうに一緒にいたいと願って。

きっと自分は彼の傍《そば》にいる未来に、幸福を感じるのだ。

——そんな予感を抱《いだ》きながら、リリィはダミュアンと手を繋いで街を歩くのだった。

END

あとがき

こんにちは、久川航璃《ひさかわこうり》と申します。

本作をお手に取っていただきまして誠《まこと》にありがとうございます。この作品はありがたくも二〇二三年開催の「第九回カクヨムWeb小説コンテスト」で特別賞をいただいたものでして、ビーズログ文庫の編集様には本当に感謝しかありません。

このお話をネット小説で読まれていた方はご存知かと思いますが、色々なところを加筆修正しております。本筋は変わりませんが、編集様の偉大《いだい》なるお力を経て、より一層キャラの立った二人になっているので、楽しんでいただければ幸いです。

読んでいない方に簡単に説明させていただくと、愛が信じられない少女と恋《こい》に苦しめられた男が、唯一《ゆいいつ》信じている金を通じて恋人契約《けいやく》をする話です。

ん？　なんか世知辛《せちがら》い話に思える……なぜだ、それほど深刻な話でもなく、お互《たが》い共通の信じているものがあれば、境遇《きょうぐう》が違《ちが》っても意気投合できるもんだと言いたいだけなんですけど。あれ、なんか身もふたもない言い方になってしまった……？

いや、アピールポイントは、傲慢《ごうまん》なヒーローが単純に傲慢じゃないところなので！　俺《おれ》様嫌《さまぎら》いにもきちんと楽しめるヒーローなので！　ヒロインだってオカネスキーだけど、筋を通す潔《いさぎよ》い子なので！

何より、ちゃんと過剰《かじょう》なほどの愛はあるので安心してお読みくださいね！（力技《ちからわざ》）

さてさて毎度のことではありますが。担当編集様の英知溢《あふ》れる素晴《すば》らしいご助言で、とっちらかって混迷《こんめい》を呈《てい》した文章を物凄《ものすご》く読みやすくしていただきました。ネット小説で書き散らしたものと比べれば数十倍、意味が伝わると思われますので、皆様《みなさま》にこういう意図だったのかと思ってもらえればとても嬉《うれ》しいです。

そして無茶とも言える注文に細やかに対応していただいた結果、イメージ以上のカバーイラストを描《えが》いていただいていた鈴ノ助《すずのすけ》様。もう本当に素晴らしすぎて、言葉が出てこない……っ。本当にありがとうございます。さらにこの本に関わっていただいたすべての方々に、心からの謝辞を。何より、お目に留《と》めてくださった皆様にも重ねて、感謝を！

最後になりましたが、世間というか日常も含《ふく》めて穏やかならぬ昨今ですが、この本をお手にしてくださった皆様の心からの安寧《あんねい》を祈願《きがん》して。

ここまでのお付き合い、本当にありがとうございました！

※本書は、カクヨムに掲載《けいさい》された「傲慢公爵《こうしゃく》は偽り修道女の献身《けんしん》的な愛を買う（旧題：傲慢公爵は偽《いつわ》り聖母の献身的な愛を買う）」を加筆修正したものです。

■ご意見、ご感想をお寄せください。
《ファンレターの宛先》
〒102-8177 東京都千代田区富士見2-13-3
株式会社KADOKAWA ビーズログ文庫編集部
久川航璃 先生・鈴ノ助 先生

●お問い合わせ
https://www.kadokawa.co.jp/ (「お問い合わせ」へお進みください)
※内容によっては、お答えできない場合があります。
※サポートは日本国内のみとさせていただきます。
※Japanese text only

ビーズログ文庫

傲慢公爵《ごうまんこうしゃく》は“偽《いつわ》り修道女《しゅうどうじょ》”の献身的《けんしんてき》な愛《あい》を買《か》う

久川航璃《ひさかわこうり》

2025年2月15日 初版発行

発行者 山下直久
発行 株式会社 KADOKAWA
〒102-8177 東京都千代田区富士見2-13-3
(ナビダイヤル) 0570-002-301
デザイン モンマ蚕+タドコロユイ(ムシカゴグラフィクス)
印刷所 TOPPANクロレ株式会社
製本所 TOPPANクロレ株式会社

ISBN978-4-04-738282-4 C0193

定価はカバーに表示してあります。
◇◇◇

ビーズログ文庫
英雄様、
ワケあり幼妻《おさなづま》は
いかがですか？
誰もが恐れる旦那様を
全力で甘やかします！
この夫婦のギャップが尊すぎる♥
久川航璃《ひさかわこうり》
イラスト／katsutake
試し読みは
ここを
チェック★
首狩り皇帝の異名を持つ皇帝のもとに嫁いだ十五歳の幼い姫テネアリア。しかし彼女は恐れるどころか抱っこをせがみ、食事を手ずから食べさせ、凶悪面の夫も次第に絆されていく。しかしこの幼妻には秘密があって!?